J'atterris dans l'allée des biscuits. Je sors un Oreo d'un paquet et l'enfourne dans ma bouche. *Mmm*... L'Oreo est périmé mais tant pis : un Oreo reste un Oreo, et les bons goûters ne courent pas les rues ces jours-ci. En plus, depuis la fin du monde, si tu veux quelque chose, il suffit de te servir. Et ça, il ne faut pas me le dire deux fois. Ni même une fois !

En me relevant, j'évalue le pétrin dans lequel je me suis fourré.

Le monstre remplit le supermarché avec son pied de colosse. Genre, il fait « *pointure supermarché* ». Un orteil dans l'allée des fournitures scolaires, un autre dans celle des produits de beauté. Je grimpe sur le pied du monstre et je m'élance vers la sortie. Et là, j'aperçois ce que je suis venu chercher...

Je fourre le kit dans ma poche. Quand soudain...

Les griffes du monstre transpercent le toit comme si de rien n'était. Le plafond s'effondre autour de moi. Je resterais bien encore un peu – pour feuilleter les magazines, manger des Curly, me faire un look d'aviateur en piochant dans le tourniquet des lunettes de soleil. Mais j'ai pas trop le temps... Vous savez ce que c'est, avec ce problème de monstre géant et tout et tout.

Je sors *en trombe* par la porte principale...

Dans ma course folle, je dépasse une épave de voiture, traverse un jardin à l'abandon et me glisse sous le porche effondré d'une maison.

Je sors mon appareil photo. J'ai *toujours* mon appareil photo avec moi. Toujours. Je porte le viseur à mes yeux, règle l'objectif, zoome et... **CLIC !!**

Je photographie chacun des monstres que je croise. Comme ça, après, je peux étudier leurs attaques et leurs parades, leurs forces et leurs faiblesses, et puis leurs coups bas. Et surtout, c'est la classe de pouvoir dire : « Je suis photographe de monstres. »

Je donne aussi un nom à chacun des monstres. Mais comment le nommer, celui-là ? Comment nommer un monstre si terrifiant que le simple fait de le regarder me glace le dos façon sundae aux éclats de PANIQUE !

Je l'entends qui rugit encore – quelque chose comme : « BLARG ! »

Hmm. « *Blarg.* » Ça sonne plutôt bien...

Soudain, il y a un vacarme qui fait penser à un boulet de canon s'écrasant sur dix millions de Lego. Le magasin s'écroule tandis que Blarg sort d'un pas lourd vers le parking, envoyant ses pieds à travers les murs. La fumée se dissipe, je vois le monstre en entier. Immense, il se tient sur des pattes aussi larges que des troncs d'arbres. Voilà la terreur monumentale, celui qu'on appelle...

Blarg renifle le sol. Il soulève une voiture et regarde dedans. Et m..., il s'est mis en chasse ! Il suit une piste ! *Ma* piste !

Il balaye du regard les décombres alentour. Il observe le porche. Le porche où je me suis abrité...

J'avale ma salive. Est-ce qu'il peut me voir ?

Je recule doucement dans l'ombre, pour mieux me cacher.

Il fixe le porche encore un instant. Puis il lève la tête vers le ciel et laisse échapper un hurlement de frustration assourdissant.

Je crois qu'il ne me voit pas.

Blarg se retourne et poursuit d'un pas bruyant, le long de Spring Street, loin du supermarché en ruine. Il renifle... comme un chien de chasse... qui connaît mon odeur !

Tandis que je sors de ma cachette, je me dis : « C'était limite. »

*Méga ultra dangereusement limite.*

C'est un peu devenu ma routine, les choses *méga ultra dangereusement limites*. Qu'est-ce que j'y peux ? La vie après l'apocalypse des monstres, c'est effrayant. Et aussi très bizarre. Mais ça me va bien. Moi aussi, je suis bizarre.

Maintenant, c'est l'heure de retourner dans ma cabane en haut d'un arbre...

# Chapitre deux

## DANS LES NUAGES, LA SUPRÊME ET IMPRENABLE FORTERESSE DE JACK

C'est ici que je vis. Ce n'est pas une vraie *maison* avec salles de bains et vitres aux fenêtres, mais je la trouve bien quand même.

La cabane appartenait à la tête à claques qui me servait de petit frère adoptif. C'était *avant*, avant ce que vous savez... Mais je l'ai beaucoup améliorée depuis que c'est un peu moins la folie dans les rues.

Vous allez me dire, pourquoi un gamin de treize ans a-t-il besoin d'une cabane aussi bien protégée que la Banque nationale, la tour de Tony Stark/Iron Man et le manoir des X-Men ?

Parce qu'une HORDE de zombies et des brutes monstrueuses ont envahi Wakefield (et, de ce que j'en sais, le monde *entier*) !

Vous savez certainement ce qu'est un zombie, mais au cas où vous habiteriez dans un trou paumé, laissez-moi vous décrire ces horreurs en détail...

Il y a encore d'autres monstres.

Comme les Bulldozers, des mastodontes féroces qui ressemblent à des rhinocéros à deux pattes.

Et aussi les Voraces Volants, des bêtes volantes façon ptérodactyles mutants.

Sans compter les Ronces Crapahutantes, de longues plantes rouges et vivantes. Oui, je sais, les plantes *sont* des êtres vivants, mais celles-là sont du genre vivant vivant. Elles transforment les jardins en jungles mortelles !

Bon, ce ne sont pas de vrais noms scientifiques. J'ai pas mon diplôme de monstrologue.

Et ça, ce n'est que la partie émergée de l'iceberg. Presque tous les jours, je découvre de nouvelles choses effroyables qui te hérissent le poil et te donnent la gerbe.

Là, vous vous demandez pourquoi je vous raconte tout ça. Pourquoi je vous confie ce qu'il y a dans la tête d'un ado essayant de survivre pendant l'apocalypse des monstres ? Je vais vous le dire.

C'est parce qu'il est important que les populations futures sachent comment c'était après l'invasion des monstres.

Et aussi, j'aimerais qu'on se souvienne de moi – juste au cas où je me ferais dévorer un de ces quatre. Un peu comme ça...

Donc bon, la manière dont vous vous souviendrez de moi, seule l'Histoire le dira…

Comme je l'ai déjà dit, avant l'apocalypse des monstres, j'étais un orphelin. D'ailleurs, concrètement, je suis *toujours* un orphelin. Mais vous voyez bien ce que je veux dire.

La dernière famille – les Johnson – était horrible. Ils ont déguerpi en moins de deux quand les monstres sont apparus.

Je n'ai pas été surpris qu'ils partent sans moi. Sérieux, je crois qu'ils m'ont accueilli chez eux juste parce qu'ils avaient besoin de bras pour ramasser les feuilles mortes...

Attention, si vous avez l'impression que j'essaye de vous apitoyer sur mon sort, ce n'est pas le cas. Ce n'est pas mon genre. Je vous explique juste la situation. De A à Z. En détail.

Il y a longtemps que j'ai appris à ne pas trop tenir compte des sales coups du destin. Si la vie te balance une saloperie en pleine face, esquive et passe ton chemin.

De toute façon, il faut toujours qu'il y en ait un qui se fasse avoir, non ? Sauf, bien sûr, s'il ne reste qu'un seul mec sur Terre. Et là, techniquement, OK, personne ne se fait avoir par personne.

Depuis que les Johnson se sont évaporés dans la nature – ça fait maintenant quarante-deux jours –, je suis contraint de survivre seul dans un monde de monstres. Je me trompe ou ça ressemble à un scénario de jeu vidéo ? Alors je me suis dit : « Tu sais quoi, vis ta vie comme dans un jeu vidéo. »

Pour moi c'est facile, parce que j'ai toujours regardé la vie du point de vue d'un *gamer* : en évaluant les stats et les pouvoirs des gens, en affrontant chaque obstacle comme si c'était un boss de fin.

Tu vois, dans les jeux vidéo, quand il faut relever un défi pour gagner des trophées et déverrouiller des succès ?

Eh ben moi, j'ai inventé mes propres défis. Je les appelle...

# Exploits apocalyptico-héroïques !

Je les réussis à chaque fois que j'atteins un objectif ou que je remporte un challenge. Plus c'est risqué, plus l'Exploit est grand. Je prends *toujours* une preuve photographique. Par exemple :

**EXPLOIT : Chapelier fou !**
Vole le chapeau de cinq zombies.

**EXPLOIT : Sauve-qui-peut !**
Remporte le cent mètres contre un zombie.

**EXPLOIT : Dites « *cheese* » !**
Fais un selfie avec une ancienne connaissance qui a fini zombifiée.

**Exploit : Explorateur de maisons !**
Inspecte cinquante maisons abandonnées.

Il me reste encore cent six défis à remplir. Et quand je commence à être à court, j'en invente de nouveaux. Maintenant, soyez attentifs, c'est là que ça devient sérieux.

Il y a un Exploit apocalyptico-héroïque TRÈS IMPORTANT que je n'ai pas encore pu réussir. Il s'agit de :

**EXPLOIT : Demoiselle en détresse !**
Trouve et sauve celle qui fait battre ton cœur, June del Toro.

Voilà *pourquoi* cet Exploit apocalyptico-héroïque constitue l'Exploit apocalyptico-héroïque ULTIME.

Lorsque j'ai déménagé à Wakefield, j'ai décidé de devenir photojournaliste (c'est juste un grand mot pour dire qu'on prend des photos de trucs cool avec plein d'action).

Quand j'en ai parlé aux Johnson, ils ont fait : « OUAIS, BIEN SÛR, *ÇA* ON Y CROIT ! »

Du coup, je me suis dit : « Laisse tomber, je vais gérer ça tout seul », et j'ai trouvé un boulot de photographe pour le journal du collège. Et c'est là que j'ai rencontré June del Toro...

## June del Toro

## – L'objet du désir –

June était la rédactrice de *La Gazette du collège Parker*, ce qui tombait bien : travailler au journal, ça nous donnait une raison de discuter et de sympathiser, non ?

Bon, June est flippante quand elle bosse. Mais même quand elle est énervée et super stressée, elle reste incroyablement mignonne...

Bon, là, il faut mettre les choses au clair : je crois bien que June me **déteste** un peu.

Elle m'a dit que j'étais paresseux. J'objecte poliment. Paresseux, non. J'essayais juste de remplir mon rôle de *photographe* : le rebelle insaisissable qui suit ses propres règles, le gars branché et cool qui est branché et cool en permanence, genre branché 24 h/24, cool 7 j/7, branché et cool.

June disait que mes photos ne saisissaient pas les histoires essentielles du collège. Je suppose qu'elle voulait juste des clichés des ventes de gâteaux ou du nouveau tableau de la classe de M^me^ Gradwohl.

Moi, ça ne m'intéresse pas, ces trucs-là – trop ennuyeux. J'aime l'action ! J'aime saisir cet instant fugace qui ne se répétera jamais plus.

Et maintenant ? Maintenant, mon appareil photo est rempli d'images type « danger-mortel-qui-n'arrive-qu'une-seule-fois-dans-la-vie » et « catastrophe-de-fou-évitée-de-justesse » !

Déjà, rien que cette semaine...

Enfin bon, même si June me déteste peut-être (un peu), de mon côté il se pourrait bien que je l'aime peut-être un peu (**beaucoup**).

Mais est-elle encore là ? Est-elle encore vivante ? A-t-elle quitté la ville ?

Voilà ce que je sais…

Le premier jour de l'apocalypse des monstres, je suis SÛR à cent pour cent que June était à l'intérieur du collège. Par contre, je ne pense pas qu'elle y soit encore, parce que je me suis arrêté devant il y a quelques jours, que j'ai braillé : « June ! » et qu'il n'y a pas eu de réponse.

Et je suis cent pour cent CERTAIN que les parents de June n'ont *pas* quitté la ville, parce que je suis passé chez elle la semaine dernière et que les voitures étaient toujours dans l'allée du garage. Puis je suis aussi entré par effraction dans sa maison, pour l'inspecter. Et à l'intérieur, ce n'était pas du genre « prépare ta valise en vitesse, on attrape le premier train et on part loin d'ici » !

Surtout, je REFUSE de croire que June a été zombifiée.

Ce qui veut dire qu'elle est FORCÉMENT ici, quelque part dans la ville.

Donc je vais la retrouver. Et je vais la sauver.

Voilà, vous savez tout.

C'est ma vie.

Et c'est ma mission.

Je ne suis qu'un pauvre orphelin guerrier. Je suis un ouragan de coolitude combattant monstres et zombies (bon, j'en fais un peu trop, mais c'est mon histoire, alors je fais ce que je veux). Et je vais...

**Sauver June del Toro et réussir l'Exploit apocalyptico-héroïque ULTIME !**

# Chapitre trois

C'est le soir, le soleil se couche en prenant les teintes orangées d'une glace Twister. La lumière de fin de journée emplit les fenêtres de la cabane ; la brise fait tinter le petit carillon de chez Gifi que j'ai suspendu à l'extérieur.

Je suis penché sur le talkie cassé, en pleine réparation, armé de mon nouveau tout petit tournevis.

**Pour info** : il faut dire « un talkie » ! Pas « un talkie-walkie » !

Je crois que la réparation avance *plutôt bien*.

Le talkie me sert à communiquer avec une seule personne : Quint Baker.

Quint Baker était – EST – mon meilleur ami ! Mon *seul* ami.

À mon arrivée à Wakefield l'hiver dernier, Quint était le seul enfant qui me parlait. Quand tu es un orphelin et qu'on t'envoie dans des familles d'accueil un peu partout, tu apprends à te débrouiller sans amis.

Mais Quint et moi, ça a fait « clic », comme deux briques de Lego qu'on assemble.

Quint m'a offert une paire de talkies à mon anniversaire – un pour moi, un pour lui. C'est le meilleur cadeau d'anniversaire de toute ma vie, et de loin. Comme mes parents adoptifs n'allaient surtout pas me donner un téléphone portable et que les parents un peu perchés de Quint étaient convaincus que les ondes téléphoniques te grillent le cerveau, les talkies étaient notre seul moyen de communiquer hors du collège.

Mais aujourd'hui, Quint n'est plus là. Le jour où tout a basculé, en fait... on a dû se séparer. Maintenant, il est probablement zombifié, ou il est parti à l'ouest comme tous les survivants de cette ville. Au début, on disait que c'était plus sûr à l'ouest. Mais on n'a plus eu de nouvelles depuis, genre, le quatrième jour, alors qui sait ?

Pourtant, il reste une chance pour que Quint soit vivant, quelque part, et ce talkie pourrait nous permettre d'entrer en contact. Alors je ne lâche rien !

Sept brûlures aux doigts plus tard, je parviens à remettre le talkie en état. J'appuie sur le bouton, libérant un léger sifflement qui me dit que ça émet.

J'attends quelques minutes. Pas de réponse. Encore quelques minutes. Toujours pas de réponse. Je vais au lit.

Mon lit est une pile de sweat-shirts, de chaussettes et de serviettes dans un coin de la cabane. Je m'affale dessus et je me blottis sous mon unique couverture. Il fait encore chaud dehors, mais j'ai besoin de me retrouver sous une couverture pour dormir. Bon, une couverture ne va pas me protéger d'un Vorace Volant ou d'un Bulldozer, mais quand même, je me sens plus en sécurité comme ça...

Je m'endors sans tarder. Et je fais des cauchemars. Des cauchemars qui m'ont l'air *réels*.

Des cauchemars de cette matinée, *où les monstres sont arrivés et où tout a changé...*

## 42 JOURS PLUS TÔT

Un matin comme tous les autres. Début juin.

C'était bientôt la fin de l'année scolaire. Il y avait chez tout le monde cette excitation palpable à l'approche des grandes vacances – cette impression que la liberté est au coin de la rue. Mais seulement à moitié, chez moi. Car de mon côté, les vacances d'été, c'était synonyme de passer plus de temps chez les Johnson : l'assurance d'un ennui mortel doublé de grosses corvées de tonte de pelouse.

Juste avant que le monde bascule dans l'horreur, je me souviens que notre car était en train de se ranger devant le collège.

Je me souviens aussi que Quint mangeait un sandwich œuf-salade qui *puait le pourri*. Je sens encore l'odeur – comme si on me l'avait tatouée dans les narines.

Et je me souviens de Dirk Savage qui s'avance. Mastoc et imposant, il remplit l'allée centrale du car et projette une ombre immense.

Dirk Savage était la plus incroyable terreur du collège. Je crois qu'il est sorti du ventre de sa mère avec du poil au menton. La légende raconte qu'il avait déménagé de Détroit et que ses parents étaient repartis en le laissant ici – ils s'étaient taillés, car il les persécutait eux aussi – et Dirk s'était installé dans une cabane, seul au fin fond des bois de Wakefield. Il ne venait au collège que pour voler l'argent de la cantine à d'*autres terreurs comme lui*.

Dirk baisse le regard vers Quint et grogne.

Quint lève les yeux vers Dirk. Il ne dit rien. Mais bon, qu'est-ce que tu veux répondre à ça ?

Dirk arrache le sandwich des mains de Quint et mord dedans (le sandwich au pet d'écureuil, d'après Dirk).

– Il pue, dit Dirk avec un sourire gras et des miettes tombant de son gros visage carré. Mais il est pas trop dégueu.

Ça commence à monter en moi. Mon cœur bat plus vite. Ce n'est plus mon sang habituel qui coule dans mes veines, mais un sang plein de colère.

Je me lève. J'essaye de rester tranquille. De gérer calmement.

Quint pose sa main sur mon T-shirt, pour me retenir, pour me dire : « Jack, laisse tomber... »

Pas question de laisser tomber. Je déteste les abrutis – les abrutis monstres, les abrutis zombies ou juste les abrutis humains ordinaires.

Je hausse les épaules.

– Je suis sûr qu'on peut te trouver quelqu'un de ta taille. Pas vrai, Quint ?

Quint tourne la tête vers la fenêtre, ferme les yeux, et il se met à fredonner une chanson pour lui-même, genre la situation ne le regarde même pas. Quel enfoi... !

Je me retourne vers Dirk :

– Peut-être qu'un très gros panda ferait l'affaire, vu ta corpulence ?

Dirk s'approche et m'attrape par le col. Je lui dis :

– Hé, fais gaffe à ma veste, c'est tellement une vieille loque que c'est pratiquement devenu un objet de collection.

– Tu te trouves drôle ? grogne Dirk.

– Oui. Mais pour tout dire, les gens qui se pètent la gueule sur la glace, je trouve ça drôle aussi. Et ceux qui se reçoivent un coup dans les parties. Je n'ai pas des goûts très sophistiqués en terme d'humour.

Dirk est sur le point de m'en coller une quand...

Un cri aigu fend l'air. Il y a toujours des hurlements le matin, devant le collège – y en a qui se chamaillent, qui se poussent, se courent après, et des filles qui rigolent si fort qu'on dirait des cris.

Mais ce cri est différent.

C'est un cri d'horreur à l'état pur. Dirk me lâche, je me penche au dessus de Quint et me colle à la fenêtre. Et je vois...

Je me dis : « EUH... ÇA PEUT PAS ÊTRE RÉEL. C'EST UNE BLAGUE. UNE FARCE. UNE CAMÉRA CACHÉE ?!?... »

**Alors je dis à Quint : « EUH... ÇA PEUT PAS ÊTRE RÉEL. C'EST UNE BLAGUE. UNE FARCE. UNE CAMÉRA CACHÉE ?!?... »**

Mais ce n'est pas ça.

C'est **LA FIN**.

L'apocalypse des monstres a commencé.

Ensuite, il y a un hurlement à la Godzilla, du style **REARGHHHH!!!** et le car tout entier se met à bouger. Je suis projeté contre Dirk, et Quint valse dans l'allée. Le chauffeur du car – un type sympa, cheveux blancs – sanglote comme un bébé.

Ça s'assombrit dans le car. Il y a quelque chose tout autour qui recouvre les fenêtres.

La patte d'un monstre.

Le monstre attrape le car, on dégringole le long de l'allée en se tapant contre les sièges, il y a des sacs à dos qui volent dans tous les sens.

Ça se termine par un arrêt brutal et douloureux contre la porte avant du car. On est tous empilés, formant un gros tas. Je parviens à dire :

– Quint ?

Je peux à peine respirer avec tous les autres qui m'écrabouillent : j'ai le visage compressé entre un dessous de bras, un pied et une oreille.

– Quint, il se passe quoi ?

– Je ne sais pas, Jack.

Quint a toujours réponse à tout. Pas cette fois. Ça me fait presque plus peur que le monstre.

Presque.

Avec sa patte démesurée, le monstre écrase le car comme si c'était une cannette de Coca. La porte avant s'ouvre avec un grand *BANG* métallique, nous déversant sur le trottoir. Mon visage rebondit contre le béton. Je me mets à saigner du nez. Le sang me coule sur les lèvres, jusque dans la bouche. Je me lève d'un bond, extirpant Quint de là, à l'écart de l'immense foule, des cris, des pleurs.

Aujourd'hui, j'en fais des cauchemars. Sur le moment, *c'était* un cauchemar.

Une fois que j'ai repris mes esprits, je regarde autour de moi et...

Un seul visage, magnifique et angélique, se détache dans la cohue : June del Toro.

Je repère un zombie qui titube vers elle, dans son dos. Je crie :

– June !

Je me casse la voix à hurler.

– Derrière toi !

June se retourne et esquive le zombie. Elle fonce se réfugier dans le collège. Avant qu'elle ne referme la porte, on se regarde sans rien dire.

Puis la porte se referme en claquant.

Je me dis que, peu importe ce qui s'est passé, peu importe ce qui va se passer, je me débrouillerai pour revenir au collège chercher June.

– On va où, Jack ? me demande Quint en me sortant de mes pensées.

– Euh, Domino's Pizza ? Je crois que c'est deux pour le prix d'une aujourd'hui...

– Jack, arrête de déconner !

– Ben, je sais pas où aller ! Monstres + zombies = chaos, c'est une nouvelle équation pour moi ! *A priori*, je dirais... FUYONS !

Et c'est ce qu'on a fait. On a foncé loin du collège, du monstre géant et des hordes de zombies. On a sauté la clôture, traversé le terrain de foot et on a fui dans la forêt d'à côté.

– Quint, ai-je dit en l'entraînant derrière un arbre pour reprendre mon souffle, il faut trouver un endroit où aller. Genre le poste de police, quelque part comme ça. Ou alors il faudrait qu'Action Man ou les Avengers débarquent. Ou Iron Man !

– Iron Man n'existe pas, Jack.

– Mais l'acteur qui joue Iron Man existe. Je parie qu'il pourrait nous aider.

– JACK !

– Pardon, tu as raison, il doit être trop occupé à être célèbre et tout ça.

Quint a grogné, avant de reprendre :

– Mes parents sont en vacances. Je suis gardé par une baby-sitter. Je vais aller chez moi pour évaluer la situation. Toi, tu files chez toi.

J'ai fait oui de la tête.

Quint a levé son talkie devant moi :

– On reste en contact permanent grâce à ça.

– Promis.

J'essayais de rester calme et d'être le Jack Sullivan cool de toujours, mais mon cœur battait fort et tout mon corps tremblait.

Quand je suis arrivé chez moi, la voiture avait disparu et il y avait des marques de pneus dans l'allée du garage. Ma « famille » était partie.

J'ai grimpé dans mon arbre. Arrivé dans la cabane, avec la panique, je me suis plus ou moins écroulé sur ma table de poker, envoyant valser le talkie. Le talkie a rebondi sur le plancher et franchi la porte. Je me suis jeté vers lui, mais...

J'avais les yeux rivés sur le talkie tombé au pied de l'arbre. J'en avais trop besoin pour parler à Quint, mais – ça m'embarrasse de l'admettre – j'étais trop effrayé pour descendre le récupérer. Trop flippé. Trop dépassé par les événements. Trop tout.

Alors je me suis recroquevillé sur le plancher. J'ai tiré un blouson sur moi. J'ai mis mes écouteurs pour étouffer les sons du chaos.

Et j'ai dormi. J'ai dormi pendant des jours.

La situation a empiré. Des zombies partout. Des monstres géants au loin. J'ai bouché les fenêtres de la cabane et je me suis fait tout petit.

Il y avait une vieille radio dans la cabane. Pendant les premiers jours, les journalistes tentaient d'expliquer ce qui arrivait. Je me nourrissais de cookies et de chips en écoutant la radio dire que c'était plus sûr à l'ouest. Et puis, le cinquième jour, il n'y avait plus d'émission...

Alors je suis retourné dormir.

Tout comme je dors en ce moment...

Quand j'ai finalement trouvé le courage de descendre de mon arbre pour explorer un peu les alentours, il s'était écoulé neuf jours depuis la folie sur le parking du collège.

Et en neuf jours, *tout* s'était écroulé.

---

*KRR-CHHHHHH !*

Je sors de mon flash-back cauchemardesque, réveillé par un grésillement aigu.

Je cligne des yeux, deux fois. Je ne sais pas trop ce qui se passe. Je ne sais pas trop où je suis.

*Encore KRR-CHHHHHH !*

– C'est quoi ce truc ? je dis en me frottant les yeux, tandis que je me redresse.

Il est tôt. Le soleil se lève tout juste, aveuglant.

Et *encore KRR-CHHHHHH !*

Je sors lentement de la torpeur. Je me rappelle où je suis. Dans la cabane perchée. Quarante-trois jours après le début de l'apocalypse des monstres.

Et ce son – le *KRR-CHHHHHH !* –, je réalise que c'est...

***Le talkie !***

Je me lève d'un bond. Enfin presque. J'ai une jambe engourdie. Je tombe, fracasse mon genou contre le plancher, mais j'oublie direct, car je suis zen en toutes circonstances, c'est dans ma nature. Je fais un sprint-cloche-pied à travers la cabane, je suis si rapide que je me cogne la tête contre la porte. Je plonge sur le talkie.

La voix à l'autre bout me dit :

– Jack, mon pote. C'est moi. C'est Quint.

QUINT ! Il est vivant !

Mais attends...

Un doute me traverse l'esprit, un horrible et terrible doute qui *m'empoisonne le cerveau*.

Est-ce que ça ne serait pas un piège tendu par des zombies ?

Est-ce que les zombies et les monstres ne se seraient pas mis à *parler* ? Si c'était le cas, ça serait la ruse parfaite pour mieux m'entraîner dans la gueule du loup...

Alors je dis :

– Ah, Quint, mon bon vieux pote. Petite question : t'es vivant, hein ? T'es pas, genre, un mort vivant qui cherche à me piéger ou un truc comme ça ?

– Je suis bel et bien vivant, Jack.

***Pfiou !***

Une seconde...

C'est *précisément* ce qu'un Quint mort vivant aurait dit. Il faut que je la joue fine. Je demande :

– Quint, c'est quoi ton plat préféré ?

– La cervelle.

« NOOOOON !!!!! »

Et puis le talkie grésille encore et Quint dit :

– Ha, ha ! Je te fais marcher, mon pote. Le gratin de choux de Bruxelles.

*Pfiou !*

Je suis tellement soulagé que mon meilleur (unique) ami soit vivant que je ne lui prends pas la tête à propos de son plat préféré. Mais franchement, adorer le gratin de choux de Bruxelles à treize ans ?!

Je m'exclame :

– Mec, c'est *vraiment* toi !

– En effet, c'est bien moi. Quand peut-on se retrouver ? J'ai une foule de choses à te montrer.

Quint parle comme ça. Il se prend pour un scientifique, donc apparemment ça implique de parler comme un vieux schnock du XIXe siècle.

Ne me demandez pas pourquoi.

Je lui dis :

– Oui ! C'est l'heure de zoner un peu ! Comme on faisait avant le chaos ! On fait quoi ? Des jeux vidéo ? J'ai un groupe électrogène pour l'électricité !

– Oui, des jeux vidéo, répond Quint. On peut aussi jouer chez moi. À tout de suite, Jack.

Je souris. Jusqu'aux oreilles. J'ai – littéralement – le coin des lèvres qui touche mes lobes d'oreille.

– Quint, c'est la meilleure phrase que j'aie jamais entendue de toute ma vie.

On conclut par les « *transmission terminée* » de rigueur et ma matinée peut vraiment commencer. Je baille, je m'étire, je fais pipi, je me touche les orteils, je crache, je m'asperge le visage avec l'eau de pluie que je capte dans mon seau à l'extérieur.

C'est l'heure d'établir un itinéraire jusqu'à la maison de Quint – et *aussi* d'ajouter une nouvelle ligne à mon tableau des Exploits apocalyptico-héroïques.

Dans le *Centre de commandement de la cabane perchée*, il y a un tableau noir que j'ai piqué à l'école du quartier – c'était après m'être rappelé à quel point j'étais courageux, quand je suis allé explorer les environs. C'est un de ces grands tableaux qu'on peut retourner pour écrire des deux côtés.

Il est super pratique. En plus, à chaque fois que je l'utilise, j'ai l'impression d'être un vieux général de la Seconde Guerre mondiale.

La semaine dernière, en explorant la bibliothèque, j'ai trouvé un vieux plan de la ville datant des années cinquante. J'y ai ajouté des annotations sur les lieux importants. Je le complète au fur et à mesure de mes découvertes sur les monstres et sur toutes les choses horribles qu'on rencontre dehors. Voilà ce que ça donne pour le moment...

Plan de Wakefield
Mr. Bricolage.
Supermarché (et tanière de Blarg ?).
CVS
Parc municipal (désormais rempli de Ronces Crapahutantes).
La maison de Quint.
La vieille fabrique de boîtes (également antre de Dozer).
Les quais (avec monstres marins ?!).
Collège Parker (nombre d'occupants inconnu).

J'établis un itinéraire jusqu'à la maison de Quint et je me mets en tenue. Pour le moment, c'est plutôt extra supra désastreusement pourri. On dirait plus un costume d'Halloween de dernière minute qu'un uniforme taillé pour la survie.

Les seuls éléments *pas pourris* de ma tenue sont les armes.

Un tueur de monstres a *besoin* de bonnes armes.

J'utilise surtout cette batte de base-ball cassée – celle que j'ai plantée dans la tête de Blarg. Je l'appelle « hache de base-ball » pour des raisons évidentes : elle est fendue en éclats, elle est aiguisée, elle tranche et, bon, vous avez compris.

Par contre, je ne m'en sers que pour les gros monstres. *Pas* pour les zombies.

En fait, j'ai un code de conduite, et le code dit que je ne dois pas couper des zombies en morceaux.

Les zombies sont d'*anciens* humains ! Je veux dire, ce n'est pas de leur faute s'ils ont été zombifiés. Je n'embroche *pas* la tête de ces choses qui étaient des humains avec un truc-à-multiples-tranchants. Juste, ça se fait pas.

Alors, pour les combats face aux zombies, j'utilise une vieille crosse de hockey tout abîmée. Un bon coup sur le crâne et je poursuis ma route.

Avant, j'avais un Wrist-Rocket (en gros, un lance-pierres super cool), mais le prof de physique, M. Mando, me l'a confisqué.

Et mes chaussures, beuh... Un truc vraiment nul m'est arrivé avec mes chaussures.

Ma mère adoptive m'a donné des chaussures Light-Upz d'occase. Elles ont ces petites lumières rouges qui s'allument à chaque pas. En gros, c'est pour les mioches.

Le premier soir où je les ai portées pour jouer à cache-cache dans le noir, j'ai réalisé qu'en plus de me donner un air de loser, elles me donnaient un handicap tactique.

Après mon pire score de tous les temps à cache-cache dans le noir, il était temps de s'attaquer au problème. J'ai essayé de découper les lumières de mes chaussures, mais j'ai juste réussi à les faire déborder des semelles et paraître encore plus lumineuses.

Malheureusement, ça ne s'est pas arrêté là...

À l'école, cet idiot de Nick DeRobertis m'a raconté que son cousin Silvio DeRobertis avait une ex-petite amie dont le neveu connaissait quelqu'un qui avait marché dans une flaque avec ses Light-Upz, et que de l'eau était entrée en contact avec les lumières, et qu'il s'était fait électrocuter, et que – *ZAP !* – il avait grillé sur place. Pas cool.

Alors j'ai mis du Scotch pour cacher les lumières. Ça fait peut-être des baskets moches, mais au moins je ne vais pas finir grillé.

Enfin bon, Quint est une sorte de super génie, alors j'espère qu'il pourra perfectionner ma tenue – surtout les chaussures – avec des améliorations à la RoboCop.

Parce qu'en ce moment, je ressemble à **ça** – et là, faut vraiment qu'on m'aide.

# JACK SULLIVAN
## - Le héros -

# Chapitre quatre

Je fais presque tout le trajet en mode furtif, de jardin en jardin. Et puis je rejoins Oak Street. Oak Street est remplie de zombies.

Alors je décide de passer par-dessus la clôture pour traverser le terrain de foot jusqu'à la maison de Quint. D'habitude, je ne m'aventure pas à découvert dans des grands espaces comme ça : c'est la mort assurée. Mais ça prendrait une éternité de faire le tour, et j'ai trop hâte de revoir mon meilleur pote.

Au milieu du terrain, je comprends mon erreur.

Parce qu'au milieu du terrain de foot, je tombe sur un Bulldozer. Les Bulldozers sont juste cent pour cent MONSTRES GÉANTS.

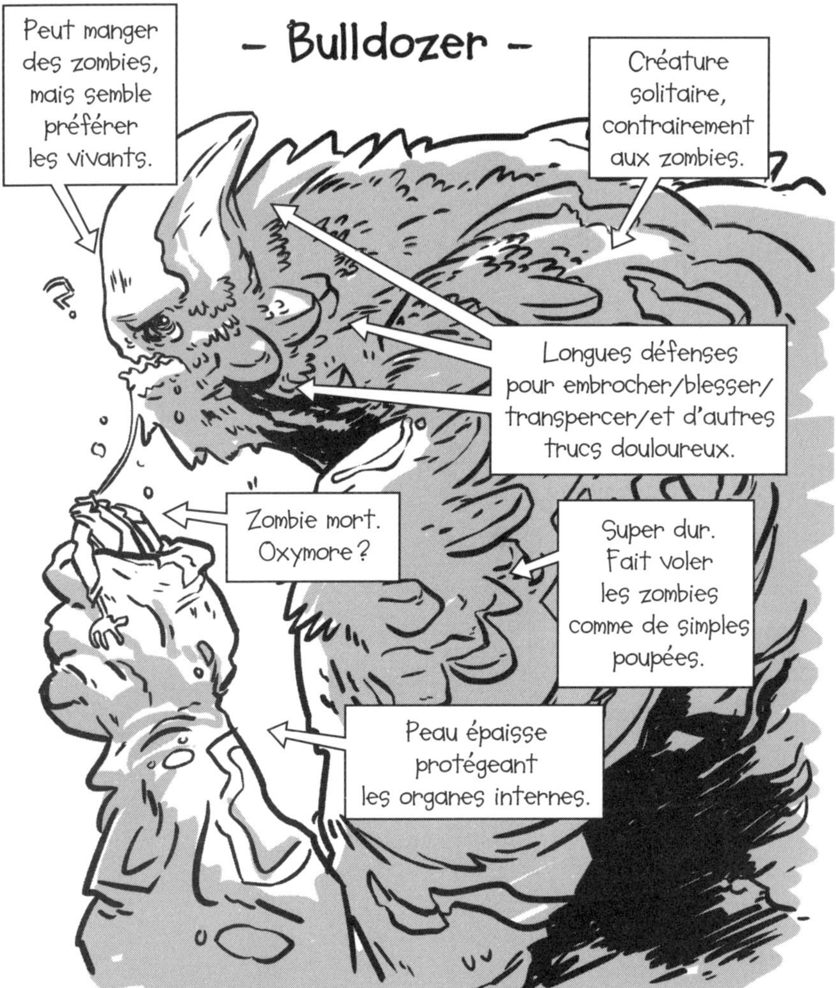


Puisque les Bulldozers n'étaient pas des humains avant, je n'ai pas de scrupules à les massacrer. Je me dis juste que ça fait partie du boulot de tueur de monstres. Et je suis un tueur de monstres.

J'attrape une bombe au jus de raisin. En général, il suffit d'une dans les yeux pour faire perdre ses repères à un Bulldozer – juste le temps de se mettre à l'abri. Mais je m'arrête en entendant retentir un rugissement familier : celui d'un autre Bulldozer derrière moi...

Me voilà dans de beaux draps. Et c'est pas le moment de s'endormir... Attention, j'aime bien dormir dans des draps beaux. C'est « être dans de beaux draps » que je n'aime pas. Ou « être dans le pétrin » si vous préférez. Même si le pétrin, c'est cool, ça sert à pétrir le pain. Et moi, j'adore les tartines.

Soudain, venant de nulle part, j'entends un bruit qui fait *FLIIIITT*–KA-SHMACK !

C'est Quint ! À ma rescousse ! Le seul gars que je connaisse avec un lance-flèches sur son toit !

Je pique un sprint, dépassant le Bulldozer qui agonise, laissant l'autre Bulldozer dans le nuage de poussière. Je longe le chemin de terre, je passe une vieille palissade pour atterrir dans le jardin de Quint.

Et là, n'attendant que moi, il y a des abrutis de morts vivants dans tous les sens.

# Chapitre cinq

Une vague de morts vivants me fonce dessus.

D'abord, un vieil homme, avec un œil qui pendouille contre sa joue. Il titube vers moi – de sa gorge s'échappe un son qui fait *GLUGHH*.

Je plonge sous ses mains tendues. Ensuite, c'est une vieille dame qui m'attend – elle doit avoir dans les quatre-vingt-dix ans. Elle m'attrape par le T-shirt, mais je me dégage d'un coup d'épaule.

J'aperçois la porte arrière de chez Quint. Je repère le chemin le plus direct : par-dessus la table de jardin. Je m'y précipite.

Je bondis de la table en prenant appui sur la tête chauve et moisie d'un zombie, et je m'agrippe à la balançoire.

Quint ouvre la porte coulissante d'un coup sec, pile au moment où un zombie se met devant. Il est massif et à moitié décomposé : à la place de la gorge, il n'a plus que des vieux lambeaux de chair. Il se jette sur moi, je n'ai pas d'autre choix que :

Quint claque la porte derrière moi, *in extremis* ! Trois zombies butent contre le verre, rebondissant comme un mauvais trio de clowns.

Quint fait glisser la grande table de cuisine contre la porte – une barricade avec les moyens du bord.

Je me relève, les yeux grands ouverts : j'arrive pas à y croire. C'est lui. C'est bien lui.

– J'avais peur que tu sois mort !

– Un scientifique ne meurt jamais vraiment, dit Quint. Il continue de vivre à travers ses recherches.

Je laisse échapper un soupir.

– Mais oui, je suis aussi vivant de manière normale et ordinaire, reprend Quint.

J'ai envie de pousser un autre soupir, mais je ne peux pas m'empêcher de rigoler. Je suis tellement heureux de revoir mon ami.

– Euh, ouais. Tu te souviens ? On avait travaillé dessus tout un après-midi ! On devait faire le check quand on se croiserait pour que les gens sachent qu'on partage des super secrets et qu'on prépare des trucs cools. Tu te souviens ?

Quint se gratte la tête.

– Je m'en souviens vaguement. C'était comment déjà ?

– Hum. Euh. Je crois que tu attrapais mon poignet et que je donnais une pichenette sur ton coude. On se tirait aussi l'oreille, je crois.

Quint a l'air perdu.

– Vas-y, tire-moi l'oreille, Quint.

– Je ne vais pas te tirer l'oreille.

– Allez, juste pour lancer le check.

– Jack, je crois que tu devrais laisser tomber le check secret.

Je hausse les épaules. On cogne simplement les poings. Les bons classiques, ça marche toujours.

Je suis Quint jusqu'à sa chambre, « le labo » comme il l'appelle.

Sur le chemin, je sors ma liste d'Exploits et je coche « Rejoins la maison de Quint sans te faire tuer ». Un autre Exploit réussi, un autre succès pour ce bon vieux Jack.

La maison de Quint – où j'ai passé quasiment tout mon temps après l'école ces six derniers mois – me paraît différente. Mais je ne sais pas vraiment ce qui me fait penser ça…

– Tout ça, c'est mes recherches. J'ai beaucoup appris. Il semblerait que nous ayons trois, voire quatre créatures de la classe des mammifères, dit Quint.

– Temps mort, arrête-toi là, je lui dis. Je croyais qu'on allait jouer à la console...

– C'était une feinte, dit Quint en souriant.

Je soupire. J'avais raison ! C'est un piège !

Quint poursuit :

– Je m'apprête à les classifier par genres et par espèces, puis j'évaluerai leurs points forts et leurs aptitudes.

– Évaluer leurs points forts et leurs aptitudes... Comme pour des joueurs de base-ball ?

Quint lève les yeux au ciel.

– Non, Jack, pas comme des joueurs de base-ball.

– Comme des X-Men ?

Quint sourit à nouveau.

– Un peu comme ça, oui.

– Hé ! je dis, réalisant d'un coup pourquoi sa maison paraît si différente. Où sont tes parents ?

Quint garde le silence un moment. Il fixe le sol du regard, comme s'il l'étudiait.

– Ils étaient partis en vacances, tu te souviens ? Alors je ne sais pas... J'espère qu'ils sont là-bas, quelque part, peut-être à l'ouest, en sécurité...

– Oh, je dis à voix basse. Et ta baby-sitter bizarre ?

– Elle, elle a été zombifiée dès le début.

Je rigole. Plus ou moins. Je rigole à moitié. Non, moins que ça. Je rigole à un tiers.

Après ça, on s'assied un instant, sans vraiment se parler. On reste juste assis.

Je me racle la gorge et je dis :

– Hé, Quint. C'est vrai, ce qu'ils disaient aux infos les premiers jours ? Quand ils disaient que les monstres et les zombies ont débarqué par la côte est ? Et que tout le monde est parti à l'ouest ? Et que, là-bas, l'armée était, genre, parée contre les créatures ?

Quint lève les yeux au plafond. Il réfléchit un moment.

– Je n'en sais rien. Je sais juste ce que mes yeux voient. Et qu'est-ce qu'ils voient ? Des monstres et des zombies partout, et très peu de survivants. Plus d'Internet et plus de portables. Plus moyen de se renseigner sur quoi que ce soit.

– Tu penses qu'on devrait aller à l'ouest ? je lui demande, même si je n'ai pas trop envie de partir.

Quint secoue la tête.

– Absolument pas. Le plus prudent, c'est de rester ici, en sécurité. S'ils envoient des secours, il faut qu'on les attende à l'abri dans un endroit sûr.

On reste assis encore un instant, toujours en silence. Quint a le nez plongé dans ses recherches pendant que je feuillette des comics sans grand enthousiasme.

Les parents absents, la baby-sitter zombifiée : toute cette horreur remplit la pièce d'une atmosphère pesante.

J'ai l'impression d'étouffer. Il faut que je sorte Quint de cette maison.

Je finis par me lever et je dis, aussi enjoué que possible :

– On bouge de là, mec. On part à la cabane. Faut trop que tu la voies ! Elle est toute décorée et mille fois mieux qu'avant !

Mais, bien sûr, Quint n'est pas d'accord.

– Toutes mes recherches sont ici. Je peux pas partir. Impossible.

– Mon pote, je lui dis. J'ai trouvé comment fabriquer mon propre Fanta.

Quint relève la tête. Il cligne deux fois des yeux.

– Je vais préparer mes affaires.

Quint dit qu'il a un « moyen de transport », alors je le suis jusqu'au garage où il fait tout noir. Ça sent l'essence et la sciure.

Il allume la lumière et ce que je vois… ouah, j'en ai la mâchoire qui se décroche (pas littéralement, ce genre de chose n'arrive qu'aux zombies). J'ai devant les yeux un véhicule méchamment postapocalyptique !

– Je suis parti du 4 x 4 de ma mère, dit Quint, auquel j'ai ajouté des choses petit à petit...

Je siffle, impressionné.

– Maintenant écoute bien, Jack, reprend Quint.

Et il commence à détailler les gadgets et tous les trucs du 4 x 4. C'est incroyable ce qu'un gamin intelligent peut faire quand personne ne le bassine pour qu'il finisse ses devoirs ou change ses chaussettes.

– Alors, quel nom tu lui as donné ?

– Big Mama, répond Quint. En référence, ben, à ma Big Mama à moi.

Je fais oui de la tête. C'est clair, sa maman est vraiment *big*...

– C'est juste le nom idéal, Quint.

# BIG MAMA

## – L'engin postapocalyptique –

On passe l'heure qui suit à remplir Big Mama avec tous les documents de recherche, et tout l'équipement, et toute la collection de figurines de Quint. Quand on a tout chargé, Quint se fige :

– Euh, une petite chose. Euh... y a quelqu'un qui sait conduire ici ?

– Ben, tu te souviens qu'on n'a que treize ans ?

Quint prend un air abattu.

– C'est pas faux...

– Sauf que j'ai dû jouer deux cents heures à *Need for Speed* ! ÉVIDEMMENT que je sais conduire. Je suis presque un pilote de course, en fait.

– Jack...

On rejoint la cabane sans gros problèmes. Sur la route, notre seul obstacle est une horde de zombies devant la vieille patinoire. Ça m'oblige à revenir vers le centre-ville et à passer devant le supermarché en ruine.

Devant les vestiges du magasin, je ralentis pour voir si Blarg traîne encore dans les parages.

Je ne le vois pas.

Ça m'inquiète. Blarg est quelque part et il connaît mon odeur...

Mais je balaye cette pensée. Aujourd'hui est une super journée, je ne vais pas la gâcher en pensant à des bêtes gigantissimes.

Et la soirée s'annonce juste parfaite...

Quint et moi, on se grille des Chamallows avant de se lancer dans des parties de *Mario Kart*.

Pour la première fois depuis longtemps, tout semble aller comme il faut.

J'ai retrouvé Quint !

Et maintenant, je vais utiliser son cerveau méga intelligent de scientifique pour retrouver June del Toro et réussir l'Exploit apocalyptico-héroïque ULTIME !

# Chapitre six

J'ai découvert qu'il y avait deux catégories de personnes sur cette planète.

**Première catégorie** : les gens qui pensent que vivre dans un monde postapocalyptique serait trop génial.

**Seconde catégorie** : les gens normaux qui pensent que les gens de la première catégorie sont bons à enfermer.

Quint appartient clairement à la catégorie numéro un. Chaque jour, il est debout aux aurores pour « faire des recherches ». Il dit qu'il faut récolter des données sur la fin du monde, méthodiquement, comme des scientifiques.

Vous voyez ? Voilà à quoi j'ai affaire.

L'un des bons côtés, c'est que Quint est un grand fan de mes photos – « pour la science », il me dit. Je crois qu'il ne saisit pas trop leur dimension artistique. Il dit juste qu'elles sont précieuses dans le cadre de son « étude de monstres ».

Moi, je suis moins dans « l'étude de monstres » et beaucoup plus dans, vous savez...

Mais peu importe.

Tous les (mauvais) goûts sont dans la nature.

Le problème, c'est que ces recherches me rappellent constamment à quel point je suis à deux doigts de faire dans mon froc dès que je sors.

Et quand quelque chose te fait faire dans ton slip, il est tout naturel de vouloir l'éviter.

C'est peut-être pour ça que je ne suis pas sorti chercher June depuis deux jours.

Alors, demain, je recommence.

Demain, je vais me la jouer cent pour cent Liam Neeson, genre : « ÇA ROULE, LES ZOMBIES ?! LIBÉREZ MON AMIE JUNE ! »

Demain, de bon matin, on ratisse la ville à la recherche de June. Pas seulement le collège et pas seulement sa maison. *Toute* la ville. En explorant chaque bâtiment. En fouillant chaque recoin.

Il est six heures quarante-cinq du matin et je m'enfile un Cherry Coke tiède pour recharger mes batteries. Je donne un petit coup à Quint. La tête dans le brouillard, il grogne, lève les yeux et marmonne :

– Le Père Noël est passé ?

– Quint, je lui dis, je dois réussir mon Exploit apocalyptico-héroïque ULTIME : trouver et, si nécessaire (mais ça sera obligé), sauver June del Toro.

Quint ronchonne, sort de son sac de couchage et se traîne jusque dans nos petits WC. C'est juste un seau posé au bord de la cabane. On a fixé une règle : personne ne regarde ce que l'autre y fait. Franchement, on ne *devrait* pas avoir besoin d'en faire une règle, mais bon, Quint est bizarre parfois, et ce genre de chose arrivait tout le temps :

Quint fait un autre truc étrange : il parle toujours quand il est sur le seau. Aujourd'hui, il me dit :

– Il faut qu'on trouve de l'essence.

En fait, on a utilisé des litres et des litres d'essence pour faire tourner le groupe électrogène alimentant la Xbox et le minifour et l'hélicoptère radiocommandé et le fauteuil massant et les illuminations de Noël et tout ce bazar.

J'avais ce qui était, SELON MOI, une idée de génie pour se procurer facilement de l'électricité. Ça vous dit quelque chose, les roues où les souris courent, dans les labos ? Bon, je voulais récupérer un tapis de course dans le gymnase du collège et...

Quint a dit que l'idée était, et je le cite, « si débile, Jack, que je me demande comment quelqu'un qui a de telles idées arrive seulement à s'habiller le matin ».

Je lui ai dit : « C'est ça ! » et je lui ai fait remarquer que son pantalon était à l'envers.

Enfin bon, j'accepte d'aller chercher de l'essence – j'ai pas le choix si je veux retrouver June. Je me mets en tenue, je me bois un autre Cherry Coke et je m'embarque dans... MISSION : JACK VA CHERCHER DE L'ESSENCE. Note : voir si on peut trouver un autre nom pour cette mission...

On a déjà vidé les réservoirs des voitures des alentours, ce qui m'oblige à m'aventurer plus loin...

PROMENADE MATINALE APOCALYPTIQUE !

Laissez-moi vous dire que je suis passé à côté de plein de choses dans la vie. J'ai pas eu droit à des grosses teufs d'anniversaire et à des séjours à Disneyland, j'ai jamais partagé des *private jokes*, jamais fait partie d'une « bande » au collège. Je suis conscient d'avoir loupé tout ça. Mais globalement, ça me va très bien.

Vous savez pourquoi ça me va très bien ?

Ça me va très bien parce que tu ressens une sensation quand tu traverses un champ de ruines postapocalyptique – avec ton arme posée sur l'épaule, tout comme le roi Arthur devait poser une longue épée sur son épaule cuirassée – et que cette sensation, mec, c'est juste énorme.

Cette sensation, cette liberté, cette totale indépendance, je ne sais pas si je l'échangerais contre mille sorties à Disney World ou Disneyland ou Disney Village ou au stade ou au zoo ou dans n'importe quel endroit où les parents emmènent leurs enfants. Je veux dire...

**« BLARGGGGHHH ! »**

Le son me fige sur place. C'est le monstre Blarg. Et il n'est *pas loin*.

Je marche sur la pointe des pieds jusqu'à la maison la plus proche et j'observe sur le côté, au-delà d'une vraie jungle de buissons.

« BLARGGGGHHH ! »

Le rugissement me paraît plus proche.

Un treillis court sur le côté de la maison, il est recouvert de plantes sauvages. Lentement, je l'escalade jusqu'au toit pour avoir une meilleure visibilité.

Je repère Blarg – son épaisse peau cuirassée, son dos couvert de tentacules, ses yeux exorbités au milieu du visage. Je le vois qui dépasse derrière une grande maison, à quelques rues de là.

Je l'observe. Il se baisse, disparaît derrière la maison un moment, puis se relève avec un zombie entre les griffes. Il le regarde.

Je déglutis.

Est-ce que je me fais des idées ?

Est-ce que Blarg se dit que ce zombie, c'est *moi* ?

Finalement, le visage de Blarg se tend, comme si quelque chose l'agaçait. Il rugit et enfourne le mort vivant dans sa gueule. Tandis qu'il mastique, le craquement des os du pauvre zombie résonne à travers les rues désertes.

Mon sang se glace. J'arrive à peine à respirer. J'ai même pas envie de rigoler de ce pauvre zombie englouti.

Je baisse la tête et je m'allonge sur le toit. J'attends longtemps, très longtemps avant de me remettre en route.

Il est déjà midi quand je suis absolument sûr que Blarg est parti. L'heure de descendre par le treillis et de... trouver de l'essence. Interdiction de remettre à plus tard. Et, espérons-le, sans croiser Blarg.

À sept pâtés de maisons de la cabane, je repère un minivan. Parfait.

Le réservoir s'ouvre de l'intérieur mais la portière est fermée. Je recule, je brandis la hache de base-ball et – *CRAC !* – j'explose la vitre. J'ouvre.

À l'intérieur, quelque chose attire mon attention.

Une photo jaunie par le soleil sur le tableau de bord.

On dirait la famille la plus heureuse de la Terre.

Et aujourd'hui ? Aujourd'hui, ils sont sûrement en train de tituber quelque part dans Wakefield, avec leurs corps en décomposition et leurs organes qui se détachent.

Je ne peux pas m'empêcher de penser que, au moins, ils ont formé une famille. Et même avec un chien. Au moins, eux, ils ont eu une maison – une vraie maison, pas un endroit de plus où on t'envoie passer l'année.

Un chez-soi.

Ils ont eu ce que j'ai toujours voulu avoir. Maintenant, ce sont des zombies. Mais au moins, pendant un temps, ils ont eu la vie de rêve.

Bon, j'ai menti tout à l'heure.

Tout ne va pas très bien. Je suis passé à côté de plein de choses dans la vie, mais elles n'ont pas grand-chose à voir avec Disney.

Je claque la porte.

On arrête de penser à une famille et à un chez-soi. Ne vous inquiétez pas, je ne suis pas en train de me transformer en petite créature fragile – je suis toujours le petit rigolo massacreur de monstres qui sort toujours la bonne blague au bon moment. C'est juste que, des fois... les émotions, tu vois.

Je sors un bidon vide de Gatorade, dévisse le bouchon du réservoir, cale le bidon en dessous et commence à transvaser l'essence avec un tuyau.

C'est là que j'entends un autre bruit : une sorte de grondement léger.

Je sors la hache de base-ball de son fourreau tout en me tournant lentement.

Je ne suis pas bien sûr de quel type de monstre il s'agit – j'en ai jamais vu un comme ça. Il ne pue pas la mort, c'est déjà ça.

Le monstre gronde encore, plus fort.

Je recule d'un pas, lentement, et puis...

Le monstre charge !

PAS COOL, PAS COOL, PAS COOL !

Je fais volte-face pour fuir et – **VLAN !** – je heurte le minivan. Je m'écroule par terre et, une seconde plus tard, le monstre bondit pour me clouer au sol.

Et voilà. C'est fini. J'ai pas tenu DEUX MOIS après l'apocalypse des monstres ! Sacré héros, Jack !

Le monstre ouvre sa gueule en grand et...

– Hé, monstre, lâche-moi ! T'as une haleine de chien ! je lui dis en riant.

J'arrive à m'en dépêtrer. Puis il reste assis là, haletant, avec sa grosse langue jaune qui pend hors de la bouche.

– Merci de ne pas m'avoir mangé, mon pote, je lui dis en fourrant le bidon de Gatorade dans mon sac à dos. J'apprécie beaucoup.

Je regarde le monstre une dernière fois, puis je commence la longue et prudente marche jusqu'à la maison. Mais la grosse boule de poils me suit...

Deux rues plus loin, je m'arrête, me tourne et crie :

– Hé, faut que tu dégages ! T'es un monstre ! Je suis un, disons, un non-monstre. Tu dois pas me suivre !

Pas de réaction.
Je tente de lui parler en monstre.
Mais ça ne marche pas.

Toujours rien.

– Écoute, mec… monstre-mec ! C'est comme dans *Roméo et Juliette* : on vient de deux mondes différents. Ça marchera jamais !

Dix minutes plus tard, quand j'arrive à la cabane, il me colle toujours aux basques. Je me faufile à travers les buissons et…

– HALTE-LÀ !

Ça, c'est tout Quint. Monsieur Perspicace.

– Je sais. Il m'a suivi jusqu'à la maison.

– Eh bien, dis-lui de s'en aller ! dit Quint.

– J'ai essayé. Il ne me comprend pas. Je parle couramment le monstre pourtant, mais il doit avoir du mal avec mon accent.

– Comment veux-tu qu'on procède ?

– Déjà, ne me tire pas dessus, et lui... il est gentil. Je propose qu'on le laisse traîner un peu avec nous. On le garde à dîner. Tu penses qu'il aime les Pringles ?

– Jack, t'as perdu la tête ?! Hors de question ! J'adorerais l'étudier pour en apprendre plus sur lui, mais c'est trop risqué !

– Quint, tu me dis non. Mais je crois, sans me tromper, que ton cœur dit oui.

– JACK !

Après avoir maugréé, râlé et jeté des regards furieux pendant une bonne minute, Quint retourne dans la cabane.

Ça doit vouloir dire qu'il est d'accord.

Et ça doit vouloir dire que j'ai désormais un monstre de compagnie. Je crois que je vais l'appeler... Rex.

Je sors la liste de ma poche et je coche d'une belle grosse croix...

EXPLOIT : Adopte un animal in-croy-able !

# Chapitre sept

OK, ça y est, on ne joue plus, on n'attend plus, on ne remet plus au lendemain pour un motif bidon genre « c'est grave flippant ». On part ratisser Wakefield à la recherche de June. Quint dit que je suis cinglé. Quint dit que c'est pas gagné. Quint dit que, dans cette ville où il semble y avoir *très* peu de survivants, la probabilité qu'une fille lambda soit en vie est infiniment faible.

Mais comme je lui dis, ça n'explique pas mon intuition, cette sensation qui me remue à l'intérieur. Il me dit que cette sensation est probablement due à des gaz et je lui donne un bon coup de coude.

Je deviens tout sérieux ; je lui raconte qu'aucun raisonnement n'expliquera jamais ce que j'ai lu dans le regard de June quand elle s'est réfugiée dans le collège. C'était un regard qui me disait que je la reverrais. Et pas comme une zombie. Que je la reverrais vivante. Et que j'aurais peut-être même le droit de la serrer dans mes bras.

Alors on se met en mode traque. On roule sur South Street. Je zigzague de droite à gauche pour éviter les zombies, les lampadaires et les ordures apocalyptiques renversées sur la route.

Premier arrêt : le collège Parker. Je m'y suis déjà rendu cinq fois, à l'extérieur, pour crier à June de sortir. Peut-être qu'elle ne m'a pas entendu. Alors aujourd'hui, je grimpe à l'arrière du 4 x 4, j'attrape le mégaphone que j'ai dégoté dans la caserne des pompiers et j'adopte une nouvelle stratégie...

Quint me regarde depuis le siège passager.

– Héros d'action postapocalyptique ?! C'est le nom que tu te donnes ?

Je hausse les épaules.

– Et alors ? Ça a le mérite d'être précis.

Quint lève les yeux au ciel.

– Ben quoi, c'est mieux que Jack Sullivan, jeune ado amateur de crackers goût fromage, vivant dans une cabane suspendue !

– Dans ce cas-là, moi aussi je veux un surnom cool, dit Quint. Comme Quint Baker, analyste scientifique.

– T'as la possibilité de te donner le surnom que tu veux et c'est tout ce que tu trouves ?

Quint hausse les épaules.

– L'analyse scientifique, c'est *cool*, Jack.

Je secoue la tête et me remets à hurler en direction du collège. On essaye pendant une dizaine de minutes.

Sans succès.

– Tentons au centre commercial, je lance à Quint tandis que je me rassieds au volant et que je démarre. Les filles aiment les centres commerciaux non ? C'est un début de piste.

Mais alors que je conduis Big Mama sur un bout de trottoir, puis sur la route, puis dans une boîte aux lettres, Quint s'écrie soudain :

– TROP, C'EST TROP !!!

– Hein ? Comment ? Où ? Trop de quoi ?

– J'EN PEUX PLUS ! s'exclame Quint. Il faut que tu apprennes à conduire.

– Qu'est-ce que tu racontes ? Elle est mortelle ma conduite !

Franchement, je crois que je me débrouille plutôt bien pour un gars dont la pratique de la conduite, jusqu'à maintenant, s'est entièrement limitée à tenir une manette de Xbox One en appuyant aussi fort que possible sur le bouton R. Mais pour Quint, ce n'est pas assez bien.

Deux heures plus tard, il a décidé de me déprimer en m'emmenant sur les docks conduire entre des plots et pratiquer des demi-tours en trois temps. Même les zombies sont morts d'ennui.

Et puis Quint se lance dans les créneaux...

Je finis par dire :

– ASSEZ ! Il est temps de s'amuser un peu.

Je fonce à travers le parking en faisant rugir le moteur. Big Mama vrombit et vibre de partout, le volant semble gigantesque dans mes mains.

– Plate-forme de chargement droit devant ! hurle Quint.

Je braque sec et Big Mama fait un écart. On prend un virage serré au coin d'un bâtiment quand – sorti de nulle part ! – quelque chose de vivant se retrouve en face de nous ! Ce quelque chose plonge sur le côté juste avant que je ne lui rentre dedans !

J'écrase la pédale de frein et les pneus crissent ; la voiture tourne sur elle-même avant de s'immobiliser.

– Je crois que c'était quelqu'un d'humain, je dis.

J'ai la voix qui s'éraille.

– Il faut sortir pour aller voir.

– Pas besoin, lance Quint en regardant dans le rétroviseur. C'est quelqu'un d'humain. Si on veut...

Quint se tourne vers moi. Son visage est tendu, comme si c'était lui qui avait maintenant des problèmes digestifs.

– C'est Dirk Savage.

Je regarde dans le rétroviseur.

C'est bien lui. D'une main tremblante, je m'apprête à ouvrir la porte.

– Qu'est-ce que tu fais ? demande Quint.

– C'est un survivant. Comme nous. On ne peut pas le laisser comme ça.

– Mais je le déteste ! Il me terrorisait ! Je ne veux pas de lui chez nous. C'est là que je fais mes recherches, Jack. MES RECHERCHES ! C'est mon refuge à moi.

– On ne peut pas le laisser comme ça, Quint.

Je vois les neurones s'activer dans la tête de Quint. Après un long moment, il dit :

– D'accord. Mais à une seule condition : qu'il soit cool avec moi !

On a été repérés par une horde de zombies. Faut faire vite. Je sors, et le voilà…

Dirk se dresse de toute sa hauteur, seul au milieu du parking, comme un cow-boy. S'il y avait eu des boules d'herbes sauvages à Wakefield, il y en a une qui aurait roulé entre nous à cet instant précis.

– Salut, toi, je dis lentement avec ma plus grosse voix de gros dur.

Donc... que dire, ensuite ? C'est quoi les règles de politesse après l'apocalypse ?

Soudain, Dirk braque ses yeux sur le côté. Oh, oh ! C'est un piège ou quoi ? Il nous prend pour des bleus ? Pourquoi bleu et pas une autre couleur ?!

Non ?...

Pire !...

– MONSTRES VOLANTS ! hurle Dirk.

Un cri à vous glacer le sang tombe du ciel, suivi d'une bête gargouillesque qui descend en piqué. C'est un...

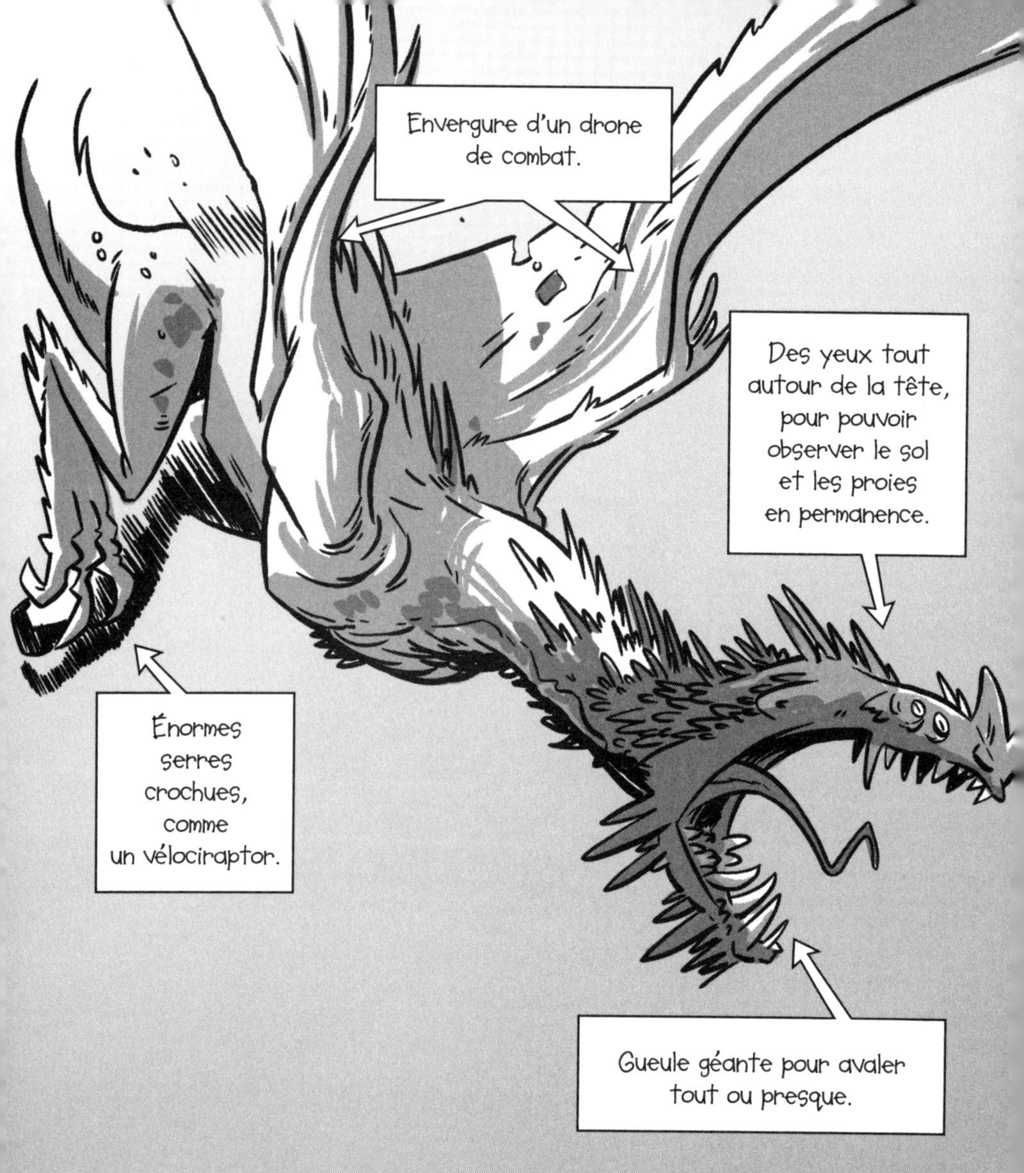


# - VORACE VOLANT -

Juste avant que la bête volante ne m'enfonce ses griffes dedans et m'arrache du sol, Dirk Savage me pousse sur le côté.

Le Vorace Volant tournoie au-dessus de nos têtes.

Dirk fixe le monstre du regard. Il a les mains grandes ouvertes, il est posté sur ses avant-pieds. Dirk est comme un lion féroce, ancré sur ses appuis, prêt à bondir sur sa proie.

Et puis il fait :

# LANCER DE MONSTRE !

Whoua ! Moi qui *me* croyais fort en écrabouillage de monstres. Dirk, c'est Hercule !

Il lance le Vorace Volant contre un bâtiment. Des morceaux de brique pleuvent. Le monstre lâche un hurlement, puis il s'éloigne en boitant des ailes, si on peut dire. On est sauvés.

Dirk me fait un signe de tête court et vif – un « il n'y a pas de quoi » super viril – et se tourne pour s'en aller.

– Attends ! je lui lance. Euh... Tu vas où ?

– Les monstres vont rappliquer. Plus nombreux. Faut que j'me mette à l'abri.

Je réalise alors que la relation Dirk tyran/Jack tyrannisé a beaucoup changé. Les vêtements de

Dirk sont déchirés en lambeaux. Il est, à l'évidence, tout seul. Dirk Savage a besoin de mon amitié plus que j'ai jamais eu besoin de la sienne.

– Ben, euh, tu veux venir... avec nous ?... je lui demande. Je suis avec Quint, on a une cabane dans un arbre. Y a de la place – je veux dire, au cas où tu voudrais...

Dirk me regarde comme si je venais de lui proposer de danser un slow.

– Qu'est-ce que j'irais faire avec deux losers ?

Je ne réponds pas.

Après un certain temps, Dirk baisse les yeux. Il donne un coup de pied dans un vieux bouchon de bouteille de Nuka-Cola.

– Allez, je dis. Tu pourras continuer à te la jouer gros dur solitaire. Simplement, tu le feras avec nous.

Dirk dit :

– Ben non. Pour être solitaire, faut être tout seul.

Je soupire.

– Mec, compte pas sur moi pour te supplier.

Dirk relève les yeux et marmonne un truc du genre :

– Bon, si ça peut te faire taire...

Quand il voit Dirk grimper sur la banquette arrière, Quint semble à deux doigts de vomir. Il se met à dire des trucs confus :

– Oh, euh, salut, Dirk ! Monsieur Savage – hmm, monsieur Dirk ? Comment ça va ? L'apocalypse et tout ?

Quint fronce les sourcils.

– Non, Dirk. Je n'en ai pas.

Dirk se met à rigoler – il a un petit rire aigu, un couinement qu'on n'imaginerait pas sortir de ce type agressif qui ressemble à un homme de trente-huit ans.

– Ben, tant pis. Tu m'en prépareras un plus tard.

Quint me jette un regard. Un regard qui dit : « Jack, je vais t'étrangler avec tes lacets. »

– Alors, qu'est-ce qui vous amène par ici ? demande Dirk. Vous cherchez un endroit où jouer à la poupée ?

– Non, je réponds. Même si j'ai un gros faible pour Barbie Malibu. Elle prend soin de son corps et elle a ce côté sable chaud...

Quint lève les yeux au ciel.

– On est à la recherche de June del Toro. Jack veut absolument la trouver, ça le démange, c'est une obsession.

– En tout cas, elle est pas chez elle, dit Dirk.

Attends, quoi ?! Mon cœur s'emballe. Qu'est-ce que Dirk sait ?!

– Je l'ai vue il y a quelques semaines de ça, au Flunch, elle cherchait de la bouffe, continue Dirk.

Je commence à avoir chaud et je me retourne sur mon siège.

– Et, tu es allé l'aider ?! Tu l'as aidée, hein ? Non, non, tu l'as pas aidée, tu l'as aidée, oui ou non ? Pourquoi tu l'as pas aidée ??

Dirk me lance un sale regard.

– On se détend. J'ai pas pu le faire. Elle a filé avant que je puisse la rejoindre.

– Mais elle est vivante ! Et elle a pas quitté la ville !

Je regarde Quint.

– JE TE L'AVAIS DIT ! JE TE L'AVAIS DIT ! BIM-BAM ! DANS TA FACE, QUINT !

Quint fronce les sourcils.

– Enfin... elle ÉTAIT vivante il y a quelques semaines...

– Quint, ne soit pas négatif. On avance dans la bonne direction, là !

Je me rassieds et je ferme les yeux.

June. Je la vois comme si j'y étais : recroquevillée, terrifiée, entourée de monstres. C'est probablement exactement ce qui se passe en ce moment...

Y a-t-il quelqu'un pour me sauver ?!
Quelqu'un comme, par exemple, Jack Sullivan, le héros postapocalyptique ?
PROBABLEMENT EXACTEMENT CE QUI SE PASSE EN CE MOMENT...

# Chapitre huit

Désormais, chaque jour, je parcours la ville en faisant beugler le Klaxon de Big Mama. Je fais ça le matin, seul, avant que Quint et Dirk se réveillent. Et toutes les deux ou trois rues, je dégaine le gros mégaphone :

– June del Toro ! Tu es là ? June del Toro ! Tu m'entends ?

En vain.

J'ai l'impression de chercher à décrocher la lune. Ou plutôt Lune del Toro.

Aujourd'hui, je passe par la Douzième Rue. Ça me rappelle un truc : on est presque le 12 août. L'anniversaire de Quint !

Je n'ai jamais organisé de fête d'anniversaire avant. C'est à ça que servent les papas et les mamans et... les filles. Alors, j'ai une grosse pression, là. J'ai pas le droit de me planter.

Généralement, on fait les choses en grand avec plein d'invités, pour que le roi de la fête se sente apprécié, aimé et gâté. J'veux dire, c'est ce qu'on voit dans les films et à la télé et un peu partout.

Du coup... Je me suis dit que j'allais capturer quelques zombies pour organiser un truc du genre...

Bon, on abandonne cette idée. Je vais essayer de trouver autre chose...

Rex est trop cool.

J'ai toujours voulu un chien. Mais quand tu es orphelin comme moi, baladé de famille d'accueil en famille d'accueil, tu n'as pas droit à des trucs comme ça. Tu peux atterrir dans une famille qui a un chien, ça oui. Sauf que tu commences à jouer et à t'éclater avec lui, puis tout d'un coup : direction une nouvelle famille et plus de chien.

Mais maintenant, j'ai mon chien à moi – un chien monstre.

J'essaye de lui apprendre des tours.

Ça marche moyen.

Hmm.

– Et si on jouait plutôt à pas rattraper le Frisbee ?!

Quint se traîne jusqu'à nous et interrompt notre récréation. Il a les yeux rouges et de gros cernes. Je crois qu'il n'a pas dormi depuis des jours.

Il me tend un morceau de papier.

– C'est une liste de courses. On a besoin de tout ce qu'il y a sur la liste, d'accord ?

Cordes, tendeurs de vélo, tubes en métal, et j'en passe...

– C'est pour faire quoi, tout ça ? je demande.

Quint me fait son sourire bizarre.

– C'est pour un projet d'invention. Mais fais-moi confiance, Jack, tu vas adorer.

Je vais devoir aller chez Mr. Bricolage pour trouver ça. C'est toute une expédition. Je grimpe dans la cabane. Dirk est assis dans un coin, en train de lire un comics de Hulk.

– Demande-moi si t'as du mal avec les mots difficiles, je dis.

Dirk me jette un regard noir.

– Qu'est-ce que tu veux ?

– Faut qu'on aille chercher des trucs. Allez, viens.

Dirk secoue la tête et grogne, mais il se lève. Il enfile son vieux sweat gris, ses gants de monstre-boxeur, puis il descend de la cabane avec moi.

Il marche d'un pas lourd jusqu'à Quint qui examine des plans détaillés, assis à la table de jardin.

– Hé, loser, aboie Dirk. Pourquoi c'est à nous d'aller chercher tous ces trucs pour toi ? Pourquoi tu vas pas les chercher toi-même ?

Quint dit comme une évidence :

– Parce que je suis plus utile ici.

– Ah oui, tu te crois plus utile que moi ? dit Dirk.

– Non, j'ai dit que je suis plus utile *ici*. C'est presque la même phrase, mais le sens est différent...

– En parlant de sens, mon poing va pas tarder à prendre la direction de ton visage, s'échauffe Dirk.

Quint lève la main en signe d'apaisement.

– Dirk, tu n'as aucune raison d'être en colère contre moi. De toute évidence, il y a quelque chose qui t'est resté coincé en travers de la gorge...

– Attends, où ça ? je dis à Dirk. En travers de la gorge ?

Quint prend un regard exaspéré.

– Jack...

Je me dresse sur la pointe des pieds pour examiner le cou de Dirk.

– Tu as avalé une chips ? Elle est restée coincée ? J'espère que c'est pas une chips goût barbecue, ça serait du gâchis.

– Il n'a rien de comestible en travers de la gorge, Jack ! C'est juste une expression !

– Eh bien, Quint, ton expression débile m'a donné faim de chips maintenant. C'est ta faute. Du couuup... c'est toi qui es de corvée de cuisine ce soir.

Quint me fusille du regard, méchamment, comme s'il avait un fusil à rayon laser à la place des yeux.

– Et si tu nous prépares le dîner, je reprends, Dirk acceptera de m'accompagner faire tes courses. N'est-ce pas, Dirk ?

Vous avez vu comment j'ai géré ça ? Je suis une sorte d'expert en médiation.

Dirk me lance un regard menaçant, avant de revenir à Quint.

– Dis-moi juste la vraie raison qui t'empêche d'aller là-bas ?

Quint hausse les épaules.

– J'ai peur.

Dirk observe Quint, puis il dit :

– Bon, au moins t'es honnête.

Sur ce, Dirk et moi, on se dirige vers Big Mama.

– Si vous pouviez aussi ramener des chips ! lance Quint dans notre dos. Moi aussi j'ai envie de chips, maintenant.

Le parking de Mr. Bricolage s'est transformé en place des Zombies. Des vendeurs *morts vivants* et des bricolos morts vivants titubent en gémissant, prêts à dévorer le premier humain *vivant vivant* qui s'approcherait.

Mais je suis paré à cette situation. J'ai emporté la Scream Machine.

La Scream Machine, c'est une PURE TUERIE. Quint et moi, on l'a construite il y a quelques semaines.

On a passé une nuit blanche gonflés à bloc devant des films d'horreur, en s'enfilant mon Fanta de contrebande et une tonne de Haribo qui piquent. Quint a enregistré toutes les scènes avec des gens qui crient, puis il a transféré le son sur le vieil iPhone de sa mère. On a branché l'iPhone à une enceinte et on a relié tout ça à un minuteur de cuisine.

## – La Scream Machine –

Tu poses la Scream Machine quelque part, tu enclenches le minuteur, et quand le compte à rebours est terminé, l'enceinte balance des cris *de malade*. Ça attire directement les zombies, car ils pensent que les hurlements proviennent de malheureux humains *vivants vivants*.

Au bout du parking, je règle le minuteur sur deux minutes et je lâche la Scream Machine par la fenêtre. Quand elle se met en marche, alors là, ça fait un boucan d'enfer.

AIIIIIEEEEEEEEEEEEE!!!!!!

Il y a un afflux massif de zombies, ce qui dégage un passage. Dirk et moi, on fonce au magasin.

Dirk s'applique à dénicher tout ce qu'il y a sur la liste. Je suis moins appliqué et je file au rayon bricolage. Je passe dix minutes à évaluer les points forts et les points faibles de différentes perceuses qui déchirent. Puis on se dirige vers la sortie, lorsqu'elle m'apparaît.

ELLE.

Elle est exceptionnelle. Elle est merveilleuse.

– Dirk, je dis. Il nous faut cette table de ping-pong. C'est ÇA que je vais offrir à Quint pour son anniversaire !

Je m'attends à ce que Dirk me dise que c'est une idée débile et que je suis un gros débile et bla bla bla. Au lieu de ça, ses yeux s'illuminent et il dit :

– Trop coooool ! J'adore le ping-pong !

– Tout le monde adore le ping-pong ! Faudrait être une sorte de créature démoniaque anti-fun pour ne pas aimer le ping-pong.

On s'approche de la table quand Dirk s'arrête, renifle... et dit :

– Jack, tu as oublié de mettre du déodorant, ce matin ?

– Pas besoin...

– Tu sens mauvais, dit Dirk.

Finalement, on sent l'odeur tous les deux. Ça ne vient pas de mes dessous de bras. C'est une puanteur infâme, fétide, qui t'attaque le nez avec des effluves moisis de cadavre.

Dirk et moi, on se retourne et...

J'ai peur. Plus que peur. Peur puissance dix. Et moi qui ai déjà la phobie des maths !

– Dirk, je chuchote. Je me suis déjà battu contre celui-là. Tu vois la cicatrice sur son front ? C'est moi qui lui ai fait ça. Et je l'ai revu plus tard, à quelques rues de la cabane. Je crois, comment dire, je crois qu'il me traque.

– Excellent, Jack, dit Dirk. Excellent.

– Aussi, pour info, il s'appelle Blarg, j'ajoute.

– Pourquoi il s'appelle...

Blarg ne terrifie pas que les minuscules petits humains comme moi : il terrifie aussi les zombies. En moins de deux, ils nous passent devant en se précipitant vers la porte – un défilé désordonné de zombies qui titubent, trébuchent et grognent du ventre.

C'est alors que Dirk dit cette phrase, cette phrase tellement improbable que je ne pensais pas l'entendre un jour.

– Hein ?

Avant que j'aie le temps de réagir, Dirk me passe devant comme un éclair. Il attrape la table qui doit peser cinquante kilos et crie :

– Suis-moi !

**PING-PONG POWER !**

Dirk et moi, on déboule sur le parking. La Scream Machine hurle toujours au loin.

Dirk jette la table de ping-pong et tout le bordel de Quint à l'arrière de Big Mama pendant que je grimpe sur le siège conducteur. Dirk monte en criant :

– Roule, roule, roule !

Derrière nous, Blarg surgit à travers la façade du magasin, démolissant les murs. Blarg est un tank, il écrase les voitures et piétine les caddies.

– Cette chose va finir par nous tuer ! hurle Dirk.

Pour la première fois, Dirk paraît effrayé. Comme quoi... C'est un être humain, après tout.

– Ne t'inquiète pas, je dis. Big Mama est parée pour ce type de situation... Je tends la main et j'enclenche le bouton « Pulvérisateurs de beurre fondu ».

Blarg fait un pas de plus, et... *TSIOUP !*

Ses jambes partent en vrille. Il agrippe un réverbère, mais *CRAC !* Il se casse en deux, et puis :

Big Mama : 1

Blarg : 0

Alors qu'on s'éloigne à toute allure, je regarde dans le rétroviseur.

Les yeux de Blarg. Ses yeux beaucoup trop nombreux. Ils sont rivés sur nous. Rivés sur *moi*. MOI ! Ils sont pleins de haine. Pleins de vengeance. J'ai l'abominable sensation que je le croiserai encore, lui, le plus méchant des méchants.

– J'ai pas rêvé... cette voiture a vraiment des pulvérisateurs de beurre fondu ? demande Dirk, ce qui me sort de ma panique blarguienne.

J'acquiesce.

– Ouais. Ça déchire, non ? Idée de Quint. On a dû se trimballer quatre tonneaux de beurre volés à la Cheesecake Factory, mais ça valait le coup.

– Avec ça, c'est du gâteau de pulvériser son ennemi.

Je suis d'accord avec Dirk. C'est du gâteau (plus précisément du cheese-cake) et ça a pulvérisé Blarg.

Dirk se tait un moment et dit :

– Peut-être que je sous-estime un peu ce gamin...

À notre retour à la cabane, Quint est en plein pétage de câble.

– Qu'est-ce qui vous a pris si longtemps ? il crie. Je croyais que vous aviez été transformés en pâtée pour zombies.

– On a rencontré un problème, je dis.

Quint fronce les sourcils.

– T'inquiète, après avoir *rencontré* ce problème, on lui a *échappé*.

– Je t'ai trouvé un cadeau d'anniversaire, dit Dirk.

– Quel genre, Dirk ? Un poing dans la figure ? Un coup de genou ?

– Non, pour de vrai. Mais c'est pas que de moi. C'est de la part de Jack et moi. Nous deux. Joyeux anniversaire, geek.

En parlant, Dirk décharge Big Mama et dévoile notre nouvelle table de ping-pong super géniale (qui fait aussi un super bouclier, comme on s'en est aperçus).

Le regard de Quint s'illumine.

Dirk s'avance et tend la main. Quint tressaille. Il trébuche en pensant que c'est un piège.

Dirk lève les yeux au ciel et Quint se calme.

Il se tient droit – plus droit que jamais. Puis il fait un pas en avant et serre la main de Dirk.

Vous voyez ? Le ping-pong résout TOUS les problèmes.

# Chapitre neuf

Après la fête, je raconte tout à Quint sur Blarg, et Quint PANIQUE !

Je lui dis d'arrêter de toujours piquer des crises nucléaires. Mais je suis content qu'il sache pour Blarg.

Quint met de côté son projet top secret du moment, celui pour lequel on est allés faire des courses, pour qu'on fortifie totalement la cabane. À Dirk, il fait abattre le mur du fond du garage, pour qu'on puisse y accéder sans ouvrir côté rue. Et à l'intérieur, Quint aménage un véritable atelier d'inventeur fou…

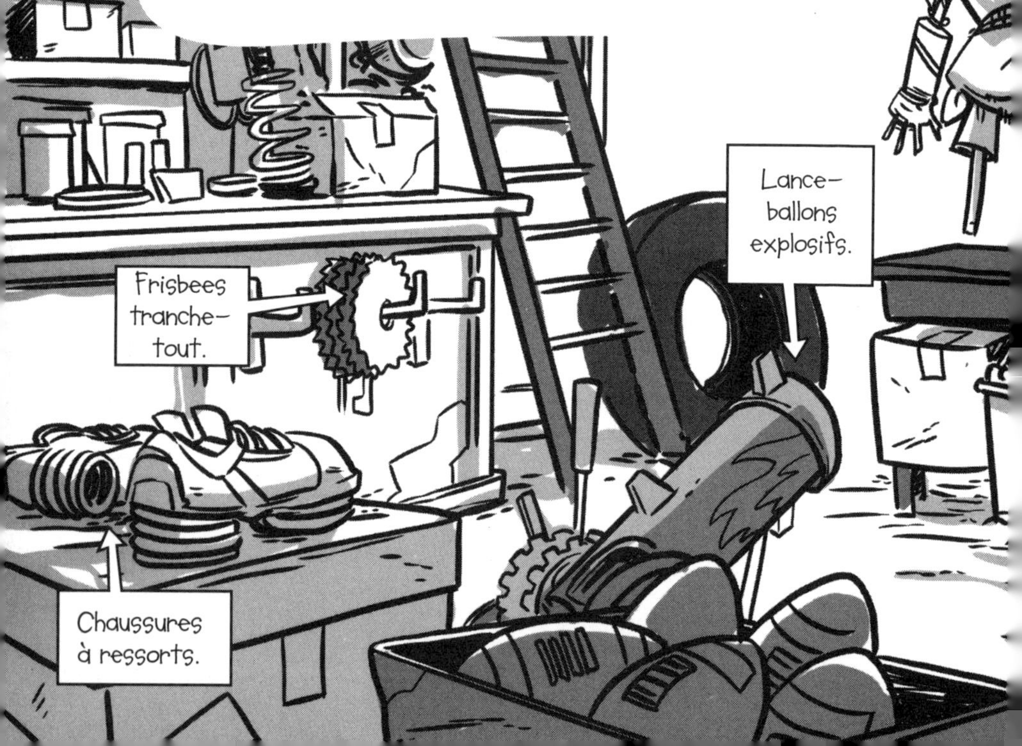

L'atelier de Quint !
Mannequin de zombie pour tester les gadgets.
Étagère à figurines.
Grappin.
Vieille machine à pop-corn.
Mes photos, pour étude scientifique.
Corbeille à Curly.
Souris pas en peluche (désormais en cage).

Tandis que Quint passe ses journées dans le garage à travailler sur les plans d'une nouvelle cabane fortifiée, Dirk et moi, on s'occupe et le temps file...

Je continue à prendre des photos. *Des super photos.*

Certains après-midis, Dirk et moi, on sort comme ça, sans projet, juste pour s'attirer des ennuis.

Tous les deux ou trois jours, Quint nous donne une liste de choses dont on a besoin pour armer et fortifier la cabane. C'est facile, la ville est un self-service géant. Tout est gratuit et à volonté. Feux d'artifice, jeux vidéo, trampolines : tout !

Dirk fait un graff de Blarg, quasi-grandeur nature, sur le côté de la maison du voisin. Selon Quint, il faut que je me prépare pour que la prochaine rencontre avec Blarg soit aussi la dernière. Et pas la dernière parce qu'il m'arrache les yeux ou un truc du genre, mais la dernière parce que je le trucide.

Vous vous souvenez quand j'avais dit que je voyais les choses comme dans un jeu vidéo ? Ben, si ma vie est devenue un jeu vidéo, Blarg a tout d'un boss de fin. Et tout le monde sait qu'on ne combat JAMAIS le boss de fin sans y être préparé.

Assis, je regarde le graffiti de Blarg sur le côté de la maison. J'observe surtout le front. La cicatrice.

Il disait quoi, Arnold Schwarzenegger, dans ce film avec l'alien ?

Pendant que je m'entraîne des heures à combattre sur le Blargraffiti, Dirk termine de creuser les douves – qui ne sont en fait qu'une longue piscine entourant la cabane. Il a fallu attendre qu'une grosse pluie la remplisse. Elle est assez boueuse, mais peu importe, c'est notre piscine-douves à nous !

Dès que Quint fait une pause dans l'organisation ou dans ses préparatifs, on joue dans la piscine. Des jeux comme plongeoir-ball.

Quint et moi, on est très mauvais à plongeoir-ball. Je n'ai jamais réussi à rattraper une seule fois la balle. Il y a toujours quelque chose qui cloche : soit je saute trop haut, soit Quint envoie la balle dans la mauvaise direction.

Et chaque jour, matin et soir, je m'installe au volant de Big Mama et je fais mon tour dans les rues en beuglant : « June del Toro ! Est-ce que tu es là ? June del Toro ! Est-ce que tu es là ?! »

Toujours rien.

Mais je ne perds pas espoir.

Donc bon, ouais, voilà – voilà ma vie aujourd'hui.

Et un soir de temps en temps, quand la météo le permet, Quint et Dirk et moi, on fait un truc différent.

On arrête.

On arrête les explorations, on arrête les recherches, on arrête de se battre avec des monstres et on reste tranquilles. On fait des cocktails de sodas, on grille des Chamallows, on se la coule douce, on décompresse et on profite du coucher de soleil postapocalyptique.

Moi et mes potes dans la cabane, la vie quoi...

Et sérieux, cette petite merveille de cabane est armée jusqu'aux dents.

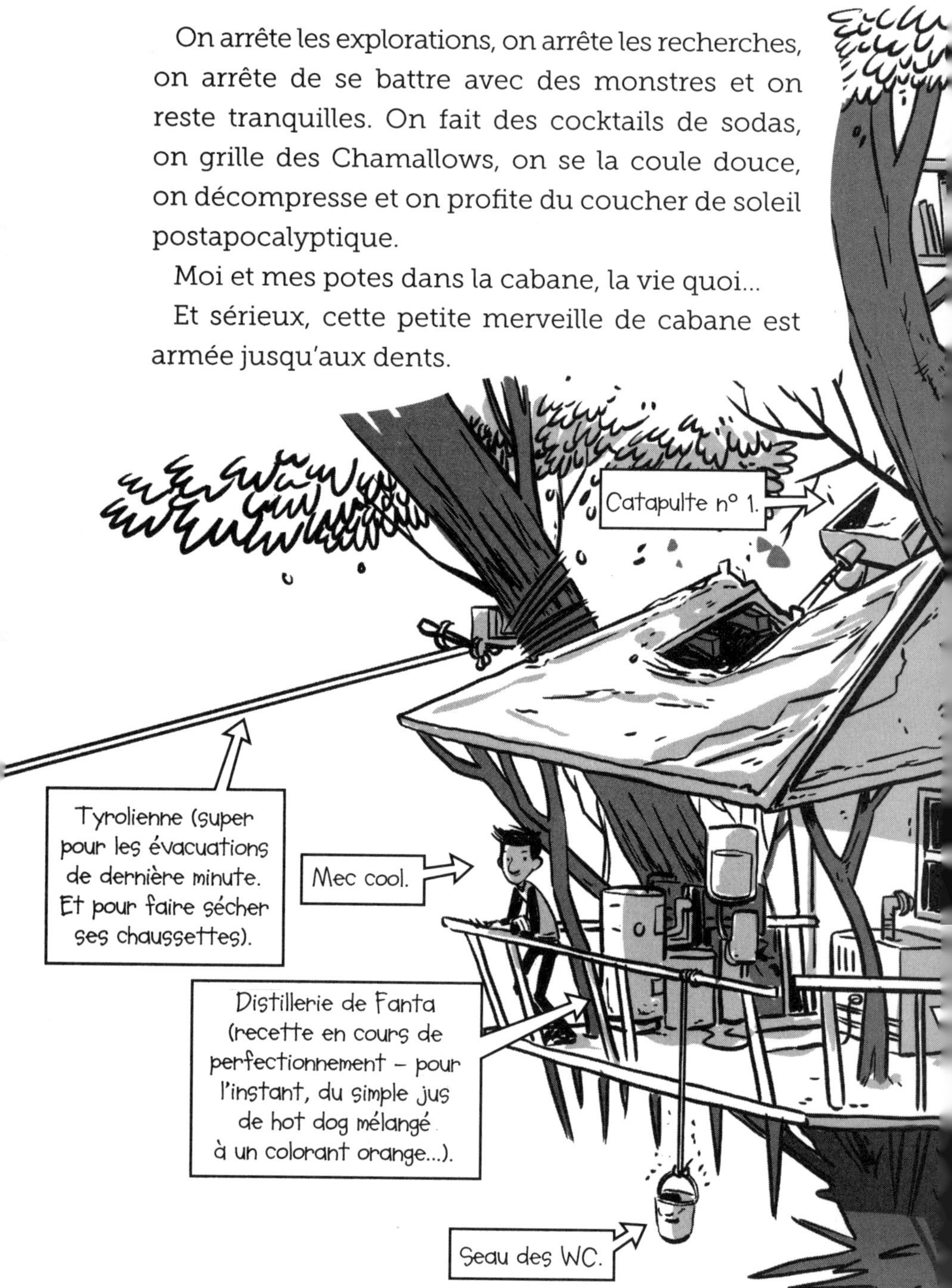

La cabane du bout du monde
Poste d'observation (avec télescope à vision nocturne).
Lance-fusées artisanales.
Héliport pour hélicoptère radiocommandé.
Catapulte n° 2.
Arbalète.
Douche à l'eau de pluie.
Écran plat résistant à toutes conditions météo.
Salon de détente (jeux vidéo et comics et RISK).
Groupe électrogène.
Dépôt d'armes.
Défenses extérieures (aiguisées !).

Mais n'oubliez pas : j'ai l'habitude que les choses prennent une sale tournure. Dès que quelque chose se passe bien dans ma vie, le vent tourne rapidement. Un truc pourri vient tout gâcher.

Là, je crois savoir quel « truc pourri » me pend au nez.

Blarg.

Mon sixième sens me titille. C'est comme un bourdonnement, au fin fond de mon cerveau, qui me dit que le monstre cauchemardesque commence à en avoir marre de m'attendre. Et que Blarg viendra bientôt pour me zigouiller...

# Chapitre dix

C'est déjà l'après-midi et j'ai mangé tous les donuts quand Quint et Dirk sortent enfin du garage. Ils sont prêts à révéler le projet top secret, celui pour lequel on avait fait des courses à Mr. Bricolage. Dirk porte un machin fabriqué à partir de tendeurs de vélos, de cordes et d'une vieille selle de Harley-Davidson qu'on a arrachée à la moto de mon voisin zombifié.

– Euh... c'est quoi, ça ? je demande.

– C'est quoi, ce truc ?

Quint siffle et Rex accourt. Dirk commence à fixer le machin sur son dos.

J'en crois pas mes yeux : c'est une selle. Une selle pour monter Rex.

Si ça marche bien, Rex deviendra plus que ce monstre un peu niais qui traîne toute la journée et qui ne sait toujours pas rattraper le Frisbee.

Il deviendra…

# – La bête –

Et d'un seul coup, Rex se met en mouvement ! J'attrape les rênes et mon monstre de compagnie galope à travers le jardin comme un cheval sauvage...

– Euh... les mecs ?!? je crie, mais c'est trop tard...

Rex fonce sur la palissade et déboule dans la rue.

Il accélère de plus belle et détruit tout Prescott Street sur son passage, explosant les palissades, chargeant à travers les jardins, fracassant les portes et déchiquetant les maisons.

Alors que Rex tourne vers la forêt de Wakefield, je remarque une masse suspendue de Ronces Crapahutantes droit devant nous. Des plantes qui serpentent vers moi comme des doigts crochus, n'attendant que le moment de m'étrangler.

Je parviens à dégainer la hache de base-ball de son fourreau juste à temps et je la fais virevolter...

On file loin des plantes monstro-carnivores, puis Rex emprunte un sentier qui mène au sommet de Bear Hill, le point culminant de la ville.

Rex ralentit, passant au trot.

– Il faut juste que je t'apprenne à t'arrêter, mon pote, je dis en lui grattant les oreilles et en examinant les alentours.

On voit tout depuis Bear Hill.

Je vois la librairie de BD.

Je vois le terrain de foot du lycée.

Je vois le collège, et je...

*Le collège.*

Je plisse les yeux. Il y a quelque chose qui pendouille depuis une fenêtre. Je dégaine mon appareil photo et je zoome.

Un sweat-shirt. Je connais ce sweat-shirt. C'est le sweat-shirt de June del Toro !

Elle n'a pas dû quitter le collège ! Elle n'a pas dû partir, après les scènes de folie sur le parking ! Elle doit être enfermée là-dedans, soit dans un endroit d'où elle ne m'entend pas l'appeler, soit dans un endroit d'où elle ne peut pas me répondre.

Là, c'est du lourd. On y est.

ON Y EST !

Rex, il est l'heure de réussir l'ULTIME...
Exploit apocalyptico-héroïque.

# Chapitre onze

Ni Quint ni Dirk ne comprennent vraiment pourquoi j'ai besoin de sauver June.

– Il faut la sauver, point final ! je dis. Il le faut.

Quint lève les yeux au ciel et se penche :

*Argh !*

Je dis que oui pour qu'ils la ferment, et puis on se met enfin d'accord : on va aller au collège pour sauver June.

On se réunit dans le centre de commandement, autour du grand plan, pour déterminer notre itinéraire. Après d'intenses débats, on tombe d'accord pour :

1. Descendre South Street, en passant par la zone de Bulldozer.

2. Traverser le vieux pont, repaire de l'Octo-Bête (LÀ, CONDUIRE AUSSI VITE QUE DANS *FAST AND FURIOUS* !).

3. Contourner le Monstrueux Colosse de Pierre.

4. Longer Main Street, ce qui demande une conduite experte pour naviguer entre les épaves de voitures et les morts vivants.

5. Remonter Spring Street jusqu'au collège Parker, là où nous entrons en courant et où je lance : « JUNE, JE SUIS ICI POUR TE SAUVER ! VIENS AVEC MOI SI TU VEUX VIVRE ! » Ce à quoi June répond : « OH, MERCI, JACK SULLIVAN ! TU ES UN HÉROS INCROYABLE ! »

6. Sauter dans Big Mama, rouler jusqu'à la cabane en improvisant nos propres chansons de héros.

7. Vivre heureux et avoir beaucoup d'enfants, tout en trucidant des monstres et en menant la belle vie.

On est tous plus ou moins d'accord :

Mais que faire de Rex ?

Quint travaille sur la construction d'une petite niche à la Snoopy (une petite niche taille monstre !) où Rex pourrait dormir et jouer avec son os.

Mais la niche pour monstre n'est pas terminée. Alors je dis à Rex (comme s'il comprenait…) :

– Rex, il faut que j'aille faire quelque chose de très important. C'est des affaires de héros d'action post-apocalyptique. Tu ne bouges pas d'ici. Pour une fois, NE ME SUIS PAS !

Rex prend sa « petite » tête de monstre super triste.

– Ne me fais pas cette tête, Rex, je dis. On sera de retour en moins de temps qu'il n'en faut à un Bulldozer pour mâcher un zombie.

À l'intérieur de Big Mama, je prends le volant en cuir dans mes mains.

J'y crois pas. C'est pour maintenant. Le moment tant attendu. L'occasion d'être véritablement Jack Sullivan, héros d'action postapocalyptique. C'est ici et c'est maintenant : le grand moment…

# LA TRAVERSÉE DU TERRITOIRE DES MONSTRES POUR SECOURIR JUNE !

**ET C'EST PARTI !!**

Au vieux pont, j'accélère devant l'Octo-Bête. L'Octo-Bête jaillit de l'eau avec ses tentacules visqueux ! Nos lance-fusées artisanales font le job :

À la carrière, je fonce entre les jambes du Monstrueux Colosse de Pierre.

Il ne m'a pas l'air très vif...

Sur Main Street, je fais mon possible pour ne pas percuter les voitures garées. Je dégomme six vélos, deux panneaux stop et une magnifique BMW.

Pas mal pour une virée à fond les ballons !

Et, déboulant au coin de Spring Street, je vois...

Notre destination.

Le collège Parker ! Et... houlà.

**BEAUCOUP DE ZOMBIES !**

Je conduis Big Mama sur le trottoir. Je freine, le 4 x 4 dérape à cent quatre-vingts degrés. Il continue sur la pelouse, avant de PERCUTER le gros chêne du collège.

On s'occupera de désencastrer Big Mama plus tard.

– Mission sauvetage ! je crie.

On se rue hors de la voiture et on avale les marches de l'entrée. J'attrape la poignée et... *clink !*

C'est fermé ! Des zombies arrivent de partout !

C'est un déferlement !

Là, on n'a plus moyen de s'échapper et plus moyen de se réfugier dans le collège.

Ce n'était peut-être pas le « meilleur plan de toute l'histoire des meilleurs plans ».

Je tire la poignée, en vain.

Quint se gratte le menton.

– Si j'avais de quoi générer une décharge électrique, je pourrais faire sortir la porte de ses gonds. Mais ça nécessiterait au moins...

*SCRITCH !!!*

– Ouais, eh beh, j'avais commencé à la desserrer pour toi, je marmonne en entrant dans le collège.

On entend retentir un *KA-KLANG* derrière nous quand Dirk remet la porte en place.

Alors, voilà, j'ai un truc avec les écoles. Je les déteste. Vous aussi, je suppose. La plupart des gamins détestent l'école. Mais je déteste l'école BEAUCOUP PLUS que la plupart des gamins. Ce qui se passe, c'est que j'ai fait une dizaine d'écoles différentes au cours de mes treize années d'existence. Tous les ans, on me trimballait d'un endroit à un autre, avec à chaque fois une nouvelle maison et une nouvelle école.

Pour moi, à chaque fois que j'entre dans une école, ça me rappelle à quel point je suis différent. À quel point je ne suis pas comme les autres, les gens normaux. À quel point je suis *à part*.

Mais sérieux, quitte à me répéter, je n'essaye absolument pas de gagner des points de sympathie ou je ne sais quoi en vous racontant tout ça. Ce que je dis, c'est que vous avez beau détester l'école autant que vous voulez, moi je la déteste au moins dix mille fois plus.

Alors, en entrant dans le collège, quand je le vois dévasté et presque entièrement détruit, ça me surprend grave mais je me sens triste.

Mais je crois savoir pourquoi. En fait, c'est dans ce collège que j'ai rencontré Quint. Le meilleur ami que j'aie jamais eu. Et même si je le connais depuis moins d'un an, ça reste la plus longue amitié que j'aie jamais eue.

C'est aussi ici que j'ai rencontré Dirk. Dirk, ex-terreur du collège, devenu gros nounours avec sa jolie tête d'abruti.

Et puis June.

June qui est quelque part dans ce bâtiment, piégée, en danger, sans doute blessée, attendant notre aide désespérément. June qui ne m'aime pas encore. June que j'essaye quand même de sauver.

À mesure que nous avançons dans le collège, il fait de plus en plus noir. Rapidement, on n'y voit plus grand-chose.

Quint sort une petite lampe frontale – car, forcément, Quint est du genre à en avoir une. Mais je ne vais pas critiquer, parce que c'est en fait plutôt cool comme lampe.

Quint l'allume et on voit...

Rien.

C'est vide.

Abandonné.

Le sol est recouvert de papiers. Des flyers pour le bal du collège qui aurait dû avoir lieu il y a des mois. Pas de zombies, pas de monstres, rien de rien.

L'endroit est silencieux.

Comme on dit, nous, les héros d'action : l'endroit est *beaucoup* trop silencieux.

Nos pas résonnent tandis qu'on marche dans les couloirs. On passe devant la salle de musique vide, devant le bureau du principal vide, devant l'amphithéâtre vide.

On tourne dans un couloir une fois, deux fois, puis on se retrouve dans le long couloir à l'arrière du collège. Je regarde au bout. C'est un bordel pas possible : des sacs à dos par terre, des casiers ouverts. Mais aucun zombie.

L'endroit est vide, entièrement vide.

Et puis, j'entends...

Vous voyez, au bowling, quand vous envoyez la boule dans la gouttière ? C'est ce bruit que j'entends, mélangé à l'épouvantable hurlement de zombies affamés. Et ce bruit vient de l'obscurité.

– Quint, je dis. Passe-moi ta lampe.

– Tu rêves ! C'est la mienne. T'as qu'à t'en trouver une, mon pote !

Je grogne et arrache la lampe de sa tête. Je dirige la lumière vers le bout du couloir, derrière nous, pour voir quelle horrible chose peut bien nous poursuivre. Et quand je la vois, c'est juste... c'est la...

PANIQUE !!!

Une panique comme je n'en ai jamais connu. Pas seulement la peur de mourir, mais la peur de ce qui va causer la mort. La peur face à ce mal, affreux et répugnant, qui va s'abattre sur nous.

Je suis trop effrayé pour parler. Je me contente de pousser Quint et de bousculer Dirk. Je les presse devant moi, et on court à toutes jambes dans le couloir.

– NE VOUS ARRÊTEZ PAS, COUREZ !

– C'EST QUOI, JACK ?! demande Dirk.

– C'est une...

# BOULE DE ZOMBIES !

C'est une boule. Une boule géante. Une boule géante de morceaux de zombies. Une boule géante de morceaux de zombies tous emmêlés les uns aux autres : des jambes, des bras et des corps entrelacés. Visages, mains, pieds et jambes, tout s'entortille en un nœud immense.

Les mains des zombies se tendent, s'accrochent et tirent, propulsant la boule droit sur nous. Cette immense pelote de corps morts vivants remplit tout le couloir, ne nous laissant aucune chance de lui échapper.

C'est exactement comme dans *Indiana Jones*.
J'ai remarqué ! Mais avec des zombies.
C'est pas le moment, les geeks !!

On tourne en trombe au coin du couloir, puis on prend l'escalier jusqu'à l'étage. Mais LA BOULE DE ZOMBIES NOUS SUIT ! Elle monte l'escalier en vitesse. Les mains osseuses s'accrochent à chaque marche, hissant la monstruosité morte vivante toujours plus près de nous.

On se précipite dans le couloir et : OH, LES BOULES, ON N'A PAS DE BOL, DÉJÀ QU'Y A UNE BOULE QUI NOUS COLLE !

Une double porte nous barre le passage. Dirk tire dessus. En vain. C'est fermé.

Je me retourne.

La boule de zombies arrive sur nous.

Voilà. Voilà comment ça se termine.

On va se faire écrabouiller – et puis dévorer – par une boule géante de zombies entortillés !

On est condamnés. Condamnés à être tués par une boule de zombies.

Nos têtes pré-mort-imminente !

*CLIC-CLAC !*

Tout à coup, la double porte s'ouvre ! On tombe à la renverse de l'autre côté de la porte.

Une voix autoritaire nous lance un ordre : « RECULEZ ! »

Je rampe dans le couloir, loin de la boule de la mort qui se rapproche vite, puis – *BANG !* – la porte se referme d'un coup sec et le verrou fait *CLIC* au moment précis où :

COUP DE BOULE DE ZOMBIES !

– Qu... qu'est-ce qui s'est passé ? dit Quint.

– Qui a ouvert les portes ? demande Dirk.

J'ai ma petite idée sur la question...

Je me lève, éclaire avec la lampe frontale. Et la voilà. Une silhouette qui sort de l'obscurité.

La fille que je suis venu sauver.

La demoiselle en détresse.

June del Toro.

# Chapitre douze

June a un air de tueuse sauvage façon princesse guerrière amazone ! Elle tient un manche à balai taillé en lance. Ses cheveux virevoltent comme soulevés par le vent, mais il n'y a pas de vent, c'est juste ses cheveux qui sont, genre, d'une autre planète.

Je m'étais imaginé des scénarios de sauvetage un peu différents.

La plupart donnaient quelque chose comme ça :

Mais aucun ne donnait quelque chose comme ça... comme ce qui se déroule en ce moment même :

– Mais on est là pour te sauver, je dis.

– J'ai pas besoin qu'on me sauve.

– Bien sûr que si ! Tu es enfermée ici ! Je l'ai su en voyant ton sweat-shirt à la fenêtre. Le rouge à rayures jaunes !

June me regarde comme si j'étais un gros pervers.

– Comment tu connais *mes vêtements* ?

Effectivement, j'ai tout l'air d'un pauvre pervers.

– Euh, c'est juste que je retiens ces détails... je bredouille. J'imagine que je suis, euh, observateur.

June fronce les sourcils.

– C'est un petit peu mignon et en même temps un petit peu bizarre. Mais j'ai pas besoin qu'on m'aide.

– Jack, mes parents vont venir me sortir de là. J'ai besoin de rien, je dois juste les attendre ici. Et j'ai surtout pas besoin de trois imbéciles qui courent dans tous les sens en rameutant une boule de zombies à l'étage. Compris ?

– Comment tu sais que tes parents viendront te chercher ?

– Je le sais, c'est tout, OK ? elle dit d'un ton sec.

– Écoute, June, je crois que tu comprends pas. Tu es sans doute en état de choc. Tu vois, je suis assez, assez génial. Je suis une sorte de James Bond post-apocalypse. Et comme 007, j'ai un permis de tuer, mais seulement pour les monstres.

June me regarde comme si elle allait me donner à manger aux zombies.

– Non, sans rire, j'en ai vraiment un. La preuve, je dis en lui tendant un bout de papier.

Elle prend le papier, l'examine avec suspicion, puis elle lève les yeux et dit :

– Jack, c'est un bout de page arraché dans le menu du Buffalo Grill, sur lequel tu as écrit « Jack Sullivan, **PERMIT DE TUÉ LES MONSTRES** ».

Je croise les bras, m'adosse à un casier et souris comme un boss.

– Ouaip. Ça claque, hein ? Tu devrais être flattée que je sois venu te sauver.

June est tout sauf impressionnée.

– T'as fait une faute à « permis ».

Je hausse les épaules.

– L'orthographe, c'est pas important quand il s'agit de tuer des monstres.

– Sauf que tuer, c'est important. Et « tuer » aussi, tu l'as mal écrit. Tu as mis **E** accent aigu au lieu de *ER*.

– C'est exprès. L'accent aigu, c'est pour la souffrance aiguë que j'inflige aux monstres que je tue.

– JACK ! J'AI PAS BESOIN QU'ON ME SAUVE !

Holà. Dirk, Quint et moi, on échange des regards d'effroi. Les filles en colère sont plus terrifiantes que n'importe quelle autre créature.

Après quelques instants, June reprend son souffle.

– Bon, Jack, les gars, merci d'être venus. Je suis heureuse de savoir que d'autres gens sont vivants. Mais j'ai pas besoin qu'on me sauve, et, vraiment, j'aimerais que vous partiez. S'il vous plaît.

Je décide de prendre du recul. Je ne comprends pas – surtout pas après être arrivé jusqu'ici. J'ai cherché June partout. Et maintenant que je l'ai enfin trouvée, ça ne l'intéresse même pas d'être sauvée ?!

Non. Pas d'accord.

Il faut que je change de tactique. Je dois gagner du temps pour la convaincre de ma génialitude...

– Est-ce qu'on peut au moins rester ici jusqu'à demain matin ? je demande. T'sais, vu à quel point on s'est cassé le cul pour arriver.

June me lance un regard noir. Quelques secondes s'écoulent. Puis, de frustration, elle agite sa lance-manche à balai et dit : « BON, D'ACCORD ! »

– Super ! je dis. Alors...

C'est là que commence une séquence d'action intitulée...

# ACTIVITÉS-EXTRA-SCOLAIRES-EXTRA-RISQUÉES-AU-COLLÈGE !

Quand on a fini, je m'écroule par terre, j'essuie la sueur de mon front et je sors ma liste des Exploits apocalyptico-héroïques. Je viens d'en réussir d'importants, alors je commence à les cocher.

Là, June regarde par-dessus mon épaule.

– Fais voir ça, elle dit en m'arrachant le papier des mains pour le lire à haute voix. Donne un coup de poing dans le nez d'un zombie : dix points. Attache un ballon gonflable à un Bulldozer : cinquante points. Tire dans les fesses d'un Bulldozer avec un paintball : cinquante points. Balance-toi au bout d'une liane comme Indiana Jones : quatre-vingts points. Échappe au principal du collège zombifié : cent points.

Elle baisse le papier.

– Tu as fait tout ça ?

– Ouaip ! je dis avec un large sourire. Le truc de la liane, c'était pas de la tarte. Ça a l'air facile dans *Indiana Jones*, mais il faut vraiment avoir une bonne prise et s'assurer que l'eau est assez profonde et qu'il y a pas, genre, des abeilles quelque part...

– Jack, stop : est-ce que, euh, est-ce que tu t'amuses en pleine fin du monde ?

– Écoute, je sais que c'est horrible, ce qui nous arrive, j'explique désormais tout sérieux. Sauf que je refuse de me laisser abattre. Y a des journées bien flippantes, ouais. Et parfois, y a des choses vraiment trop tristes. Mais je fais vraiment tout, tout mon possible pour que la vie continue et pour apprécier chaque moment. Avec mes amis.

June regarde à nouveau le papier. Elle lit :

– Demoiselle en détresse. C'est quoi, cet Exploit ?

Houlà. Grilléééé.

– Euh, ben... c'est le Grand Exploit. C'est te sauver.

June esquisse un petit sourire, s'adosse à un casier et se baisse jusqu'à atterrir sur ses fesses.

Elle a le regard perdu vers le bout du couloir ; elle observe Quint qui poursuit Dirk avec un seau et une serpillère. Dirk rigole, avec son couinement perçant de gros niais.

– Je t'ai eu ! À ton tour !

June tourne les yeux vers moi.

– Vous êtes plutôt cinglés, les gars. Vous le savez, ça ?

Je souris jusqu'aux oreilles.

– Être plutôt cinglé, c'est plutôt bien, à mon avis.

June se met à bouger avec embarras, comme si elle pensait de toutes ses forces à quelque chose. Je crois que c'est pour tout de suite. Le moment où tout va s'éclairer dans sa tête. Elle va réaliser, comme moi avant, que la vie pendant l'apocalypse des monstres est mille milliards de fois mieux avec une bande de potes.

Puis elle repose les yeux sur moi. On se fixe du regard. Tout comme on s'était fixés du regard quelques mois auparavant, dans le parking, au commencement de la fin du monde. Et elle dit :

– Il est tard. Vous devriez vous reposer. Vous trois, vous partez demain matin à la première heure.

*Grrrr.*

Je rassemble Dirk et Quint – qui, je rêve, étaient en plein duel de chatouilles. June a aménagé son camp de base dans notre ancienne salle de classe, en dégageant presque toutes les tables et en installant le canapé de la salle des profs.

Quint, Dirk et moi, on part dans le couloir pour piller les casiers, à la recherche de vestes et de sacs à dos qui feront office de lits de fortune.

Quand on est suffisamment loin des oreilles de June, Dirk chuchote :

– Alors, quelles sont les nouvelles ? La fille ne part pas avec nous ?

– C'est pas gagné. J'y travaille encore, je dis.

– On rentre demain, Jack, avec ou sans elle, dit Quint. On peut pas laisser Rex tout seul.

– Je sais, je sais... je dis. Je m'en charge, OK ? Je m'en charge. Jack est sur le coup. Ça va le faire.

Puis on va tous se coucher. Je me tourne et me retourne dans mon lit ; j'ai le cerveau qui tourne à plein régime. Je suis tout réveillé. Stat du moment : zéro sommeil. Faut dire, ça n'aide pas beaucoup que Dirk ronfle comme un grizzly enrhumé.

Comment faire pour que June comprenne ?

J'entends alors quelque chose. Pas des ronflements. Quelque chose d'autre.

Des bruits de pas.

Oh, non.

Pendant notre super séquence d'action dans le collège, est-ce que j'ai fait une méga gaffe ? Est-ce que j'ai laissé une porte ouverte ? Y a-t-il un zombie dans la pièce ? Un zombie qui va nous mordre à la gorge pour se délecter de la chair succulente de nos cous ?

# Chapitre treize

Je m'assieds dans mon lit.

En sondant l'obscurité, j'aperçois une silhouette qui se faufile à travers la pièce. J'entends la porte s'ouvrir, et la silhouette sort dans le couloir.

Dans la faible lueur, je distingue June.

Hé, je viens d'utiliser « lueur » et « June » dans la même phrase. Est-ce que je devrais y voir une lueur d'espoir ?

Enfin bon, qu'est-ce qu'elle trafique ?

Je m'extirpe de la pile de vestes qui me sert de lit, je marche sur la pointe des pieds. June ouvre une porte qui mène à des escaliers. Je connais ces escaliers. Ils accèdent au toit.

Je la suis.

Le toit est éclairé par la lune. June se tient près du bord. À côté d'elle, il y a une grande poubelle en plastique.

June fait volte-face, surprise.

– Désolé. Je voulais pas te faire peur.

– Tu m'as pas fait peur, ment-elle.

– Qu'est-ce que tu fais ici ? Il est quatre heures du matin.

June plonge la main dans la poubelle d'où elle sort une balle de tennis. Je jette un coup d'œil à l'intérieur du baril. Il est rempli de centaines de balles de tennis. D'autres barils sont éparpillés sur le toit.

– C'est comme ça que je me défoule, explique June en lançant une puissante balle vers les zombies massés en bas.

La balle de tennis tape dans un zombie – notre prof de sport, M. Perkis – en plein dans le dos.

– C'est un jeu, reprend June. Dix points si je touche un zombie à la tête, cinq points pour le corps, vingt si j'annonce ma cible. Par exemple, si je dis : « Jess Aronesty, dans la tête » et que j'arrive à toucher Jess Aronesty à la tête, c'est vingt points.

– Ça ressemble à mes Exploits apocalyptico-héroïques ! Tu me copies ? Oh la honte, June est une copieuse ! je dis en arborant un large sourire.

June rit. Ça me gonfle le cœur de joie. Génial, maintenant j'ai un cœur qui gonfle. J'espère que ça va s'arrêter avant qu'il n'explose.

Je plonge la main dans le baril et dis :

– OK, j'annonce. M. Winik, dans le visage.

J'arme mon bras et lance la balle de tennis. Je manque M. Winik d'à peu près cent quarante et un mètres et demi.

– Nul, dit June en se servant dans le baril. Nul et zéro point.

– Je t'ai vue te réfugier dans le collège, je lui dis, quand tout ça est arrivé. Et tu m'as vu.

June fait oui de la tête.

– Nos globes oculaires, je lance sur un ton suave et romantique. Nos globes oculaires ont partagé un moment intime à cet instant.

June lève les yeux au ciel, et rien que ça c'est trop craquant.

– T'es bizarre, Jack. Enfin breeeef, après ça, j'ai d'abord couru jusqu'à la salle de rédaction du journal. Tiens ! ça me rappelle, on allait publier une de tes photos dans le prochain numéro. Celle de l'orchestre.

– Beurk, je grogne. Cette photo était encore plus pourrie qu'un zombie déchiqueté.

June laisse échapper un léger rire, presque imperceptible.

– Tu voulais juste prendre des photos de trucs déments, c'est ça ?

Je hausse les épaules.

– Qu'est-ce que tu veux, je suis un aventurier dans l'âme.

– Ben, alors, t'es gâté aujourd'hui, elle dit dans un soupir.

Je hoche la tête et je soupire avec elle.

– Donc bon, ouais, je me suis réfugiée à l'intérieur de la salle de rédaction. Je pensais attendre un petit moment, que la police finirait par débarquer et que mes parents passeraient me chercher. Ça s'est pas passé comme ça. Des zombies sont arrivés, ils ont tiré sur la porte. Je me suis cachée dans le placard et j'y suis restée deux jours entiers. Quand j'ai fini par en sortir, il y avait... comment dire... un monstre de la taille d'une maison ! Qui mangeait des gens ! Et les autres gens, ils étaient... ben, tu vois bien comment.

– Ouaip. Je sais. Morts vivants.

– Alors j'ai tout barricadé et fait le maximum pour retenir les créatures en bas. Maintenant, y a plus que moi ici.

– Qu'est-ce qui est arrivé à tes parents ?

June avale sa salive et grimace, comme si la réponse était dure à avaler. Je n'aurais peut-être pas dû poser cette question.

– Je les ai vus le cinquième jour. Un grand bus est passé, tracté par un tank. Il y avait un soldat qui parlait au micro, qui disait que ceux qui n'étaient pas zombifiés devaient les rejoindre. Ils regardaient en direction du collège. J'ai frappé des poings contre la fenêtre et j'ai crié et j'ai hurlé jusqu'à avoir mal à la gorge. Et ça a marché. Ils m'ont vue.

– Attends, vraiment ? Ils t'ont vue ?

June fait signe que oui.

– Mon père a tenté de descendre du bus, mais le soldat l'en a empêché. Et je ne pouvais pas sortir les rejoindre à cause des zombies. Puis le bus a tourné au coin de la rue et ils ont disparu. Disparu... comme ça.

Je mordille la petite peau de mon ongle, mal à l'aise, je sais pas trop quoi dire.

– Au moins, ils sont en sécurité, quelque part...

June a un haussement d'épaules. Au bout d'un moment, elle dit :

– Jack, je suis désolée d'avoir pété un câble tout à l'heure. Mais tu comprends pourquoi je ne peux pas quitter le collège. Mes parents savent que je suis ici. Ils vont venir me chercher. Alors pas question que vous foutiez tout en l'air.

– June, quand tes parents reviendront, ils ne seront pas seuls. Alors, où que tu sois, ils te trouveront. Même si tu es, disons, peut-être, pourquoi pas, à la cabane avec nous...

June me lance un regard super méchant.

– Quoi ?! Ce que je veux dire, c'est que tu devrais venir à la cabane avec nous. C'est sympa : il y a un carillon à vent, des fois on fait des cookies.

June pousse un soupir. Elle lance une balle de tennis qui rebondit sur le dos d'un prof de chimie en faisant *TONK !*

– C'est crade, hein ? dit June. Dis-moi la vérité. La cabane est crade et elle pue le garçon. L'odeur des garçons, c'est pire que l'odeur des zombies. Enfin, presque pire.

J'attrape une balle dans le baril.

– Tu vois le gardien du collège, M. Urk ? Je vais dégommer son chapeau.

– Impossible.

Je plisse les yeux.

– Observe. Je suis super précis.

Je lance la balle. Et je loupe ma cible de beaucoup. La balle frappe la principale adjointe en plein visage, part heurter la poitrine d'un zombie qui passait par là, puis elle roule par terre jusqu'à ce qu'un autre zombie marche dessus, le faisant chuter sur un quatrième zombie, et très vite une douzaine de morts vivants finissent au sol, formant un tas grotesque.

Je regarde June, et soudain...

– Ah, ouais, t'es super précis, Jack, dit June en reprenant son souffle.

– Hé ! J'ai bien dû dégommer douze zombies avec un seul lancer. Si on jouait au bowling, ça ferait *strike*. Évidemment, si on faisait du bowling, on serait dans un bowling, il y aurait sûrement du hockey sur table, et ça serait dément.

J'ai mal aux côtes tellement j'ai ri.

– J'ai pas rigolé depuis des mois, avoue June.

Je lui souris.

– Franchement, June : la vie, c'est bien mieux quand on a une occasion de rire de temps en temps. Même s'il y a une odeur de garçon dans les parages. Et permets-moi d'ajouter, rapidement, que j'ai la MEILLEURE odeur de garçon. Le top niveau, qualité supérieure !

– Laisse-moi deviner. AXE déodorant *bodyspray* ?

– Encore mieux. Sapin désodorisant pour voiture. Je me frotte le torse avec tous les matins. C'est sympa, ça te met tout de suite dans une ambiance « Noël ».

June secoue la tête en silence. Je lis de l'embarras dans ses mouvements – comme si ça réfléchissait dur. Elle triture ses baskets. Finalement, elle dit :

– OK, parle-moi de cette cabane où vous vivez.

Mes yeux s'écarquillent. Mon cœur bat tellement fort qu'il pourrait jaillir hors de ma poitrine.

– Jack, elle dit, tu peux arrêter là. Ça me plaît, ce qui se passe en ce moment. J'aime rigoler. J'aime les jeux débiles. Demain matin, quand vous partirez, je viendrai avec vous.

AHHHHHHHHHH ! J'y crois pas, j'y crois pas, j'y crois pas.

– OK, bien sûr, je dis en essayant de faire comme si ça m'était totalement égal. Y a pas de problème si tu veux venir. Enfin, c'est comme tu le sens. Que tu viennes ou pas, c'est cool.

June secoue la tête.

– T'es vraiment un gros naze !

– Oui, mais seulement les jours où on dit l'inverse de ce qu'on pense.

– Juste un truc, Jack.

– Quoi ?

Je.
Ne suis.
PAS.
Une demoiselle en détresse.
C'est clair.

# Chapitre quatorze

Quand June et moi retournons dans la salle de classe, Quint et Dirk nous attendent. Quint est appuyé contre la fenêtre du fond, les bras croisés. Il ressemble à un professeur à cran qui veut savoir pourquoi ça t'a pris trente minutes pour faire un aller-retour aux toilettes.

– Euh, salut les amis, je dis. Vous êtes réveillés ?

– Tu sais que je n'arrive pas à dormir sans mes bouchons, Jack. Je t'ai entendu sortir en douce.

Je lève les yeux.

– Ah oui, c'est vrai. Tes nuggets de cérumen...

– Ce ne sont pas des nuggets de cérumen, Jack ! Ce sont des bouchons d'oreilles et tu sais... aaarrh, laisse tomber. Maintenant que je suis réveillé, je vois qu'on a un problème.

– Non, on n'en a pas ! je m'exclame. Aucun problème ! On a une bonne nouvelle ! June vient avec nous. Pas vrai, June ?

June fait oui de la tête. Elle continue à faire la dure, comme si elle n'avait besoin de l'aide de personne.

– Génial, dit Quint en écartant les stores en grand, mais ça ne résout pas ce problème.

Je m'approche de la fenêtre et regarde à travers les stores. Big Mama est garée devant le collège, là où on l'avait laissée. Elle est entourée de zombies. Une centaine, ou presque. OK, ça craint, mais c'est pas la fin du monde. (Sans mauvais jeu de mots.) C'est pas comme si...

Ohhhh !

Plus loin, de l'autre côté de la rue, je vois quelque chose de gigantesquement pire que des zombies :

Blarg.

Le monstre est assis sur une maison. Le toit s'est écroulé au milieu, les murs en bois sont pliés sur les côtés, les fenêtres sont brisées et la porte d'entrée est éclatée. Blarg est juste perché là, attendant, surveillant le collège. Il se prend pour qui, ce Blarg ?...

Je ferme les stores.

– Alors, June, juste un petit contretemps. Pas de quoi en faire tout un plat. Mais il n'y a pas que des zombies dehors. Il y aussi, euh, Blarg.

June croise les bras.

– Je vais sûrement regretter ma question, mais... c'est quoi un Blarg ?

– Blarg est un, euh, ben, c'est un grand monstre mangeur d'humains. Avec un léger problème de comportement.

– Mmm-hmm, dit June. Je vais sûrement regretter de te poser cette autre question, mais bon : as-tu la moindre idée de ce qui l'amène, ce « Blarg » ?

Je sens autant d'exaspération dans la voix de June qu'il y a de sirop d'érable... dans du sirop d'érable pur.

Je toussote pour m'éclaircir la voix.

– Ben, il y a quelques mois de ça, j'ai eu, juste, disons, une petite altercation avec lui au supermarché. Et je lui ai, comment dire...

– Tu lui as quoi ? grogne June.

June semble être sur le point de me donner un coup de poing en pleine face.

– Ah oui, tu mentais pas, elle dit en regardant à travers les stores. Il est grand.

– Et il s'est posé là, tranquille ! je m'exclame. Il surveille le collège et il surveille Big Mama. Attendant qu'on fasse un pas dehors. Vous savez quoi, j'en ai marre de ce monstre...

Je relève les stores d'un coup sec et ouvre la fenêtre en grand.

– Hé, Blarg ! FOUS-MOI LA PAIX ! VA FOURRER TA SALE FACE AILLEURS !

– Jack, t'es taré ou quoi ! dit Quint avant de courir à la fenêtre.

Les oreilles de Blarg se dressent et sa grosse tête se tourne d'un côté puis de l'autre. Il descend de la maison. Les fenêtres vibrent quand il touche terre, à moins de soixante mètres de nous. Il tend la tête dans tous les sens. Il renifle. Il cherche d'où venait la voix.

– Regarde-moi ça ! dit Dirk. Il est tellement débile qu'il ne nous voit même pas !

Je fais non de la tête.

– Il n'est pas débile. Il est tout sauf débile. De tous les monstres là-bas dehors, c'est le plus malin. Il veut se venger, comme s'il en avait fait une affaire personnelle genre vendetta.

– C'est pour ça qu'on ne doit pas transpercer le front des monstres, Jack, dit June.

– J'ai retenu la leçon, OK ? À l'avenir, je m'efforcerai de réduire au maximum les transpercements de fronts de monstres.

Blarg s'approche de son pas lourd, lorsqu'il manque de trébucher sur une voiture. L'énorme créature perd l'équilibre avant de se rattraper.

Quint laisse échapper un :

– Hmmm...

– Quoi *hmmm* ? demande June.

Quint dégaine son classeur épais comme un dictionnaire, celui qu'il utilise pour ses recherches. On se place autour de lui, le regardant parcourir les pages. De temps à autre, il s'arrête, réfléchit un moment, puis continue de feuilleter.

Finalement, il s'attarde sur une de mes photos et dit :

– Jack, sale petit génie !

– Quoi ? Pourquoi ? J'ai fait un truc bien ? Je veux dire, ça me paraît évident. Mais, euh, de quel truc bien tu parles ?

Quint tourne le classeur vers nous.

Quint a mis le turbo maintenant.

– Tes photos, Jack. Je t'avais bien dit qu'elles seraient utiles ! Regarde celle-là, celle prise la première fois au supermarché. Tu vois comme les yeux de Blarg sont blanc pâle et un peu transparents ?

– Ouais, et donc... ?

– Ça veut dire qu'il a une mauvaise vue dans le noir ! C'est pour ça qu'il a trébuché sur la voiture. Il ne peut chasser qu'en plein jour !

– Donc... il attend, genre, que le soleil se lève ? je demande. Sachant que, quand on sortira, il pourra se venger une bonne fois pour toutes ?

Quint avale sa salive.

– Oui, je pense.

– Alors il faut partir TOUT DE SUITE ! je m'écrie. Avant qu'il fasse jour ! Et le soleil va bientôt se lever !

Quint soupire et se passe la main dans les cheveux.

– Et comment on fait ? Il y a des centaines de zombies. Pour rejoindre Big Mama, il nous faut des armes ! Où est-ce qu'on va trouver ça dans un collège ?

Quint a raison.

Je m'appuie contre le bureau du prof. La tête baissée. On est piégés. Piégés comme des rats. Piégés comme des rats dans un immense piège à rats conçu pour piéger des rats.

Et le pire dans tout ça, c'est que c'est cent pour cent ma faute. Je n'aurais jamais dû venir sauver June. Elle n'avait pas besoin qu'on la sauve. Elle n'avait pas du tout besoin de moi. Et maintenant, tout le monde est coincé là. Tout à coup :

J'attrape la balle avant qu'elle ne s'écrase sur mon nez. Je la fais tourner dans ma main. Et BAM ! J'ai trouvé !

Dirk esquisse un sourire.

– Oh, ouais ! Ça me plaît.

Dirk, June et Quint entrent dans la remise du gymnase, à la recherche de tout ce qui pourrait s'avérer utile.

Moi, j'ai déjà tout ce qu'il me faut. Ou plutôt, tout ce qu'il me faut sauf...

Du maquillage noir à me mettre sous les yeux ! Comme les joueurs de foot américain ! Pour ressembler à un gros dur !

J'attrape un pot de maquillage. *Là*, j'ai tout ce qu'il me faut.

Je m'assieds. Je tente de faire le vide, de contenir ma peur, lorsque Quint s'approche avec un air frustré.

– Je trouve rien pour moi.

– Trouve-toi juste un truc pour te protéger, mon pote.

Quint fronce les sourcils.

– Je veux pas juste me protéger. Je veux me battre. Je veux vraiment mettre la misère aux zombies !

– Mec, d'habitude tu préfères rester en retrait pendant que Dirk et moi on part se faire botter le cul. Qu'est-ce qui t'arrive ?

Quint rougit presque. Puis il fait un signe de tête vers l'autre côté de la pièce. Je regarde dans cette direction, et je vois June qui fouille dans un carton.

– Quoi ? June ? je dis. Tu veux avoir l'air courageux devant June ? Hé, June est à moi ! J'étais prem's sur le coup !

– « Prem's », ça marche pas pour les filles, Jack !

– Moi, je crois que tu comprends pas comment les filles fonctionnent ! Elle ne t'aime pas ! Si elle aime quelqu'un, c'est moi !

– Jack, relax. Je sais que tu aimes June. J'ai pas l'intention de te la voler. C'est juste que, ben, June est une fille. Et j'ai pas envie d'avoir l'air nul devant elle.

Ah. Je hoche la tête. Compris.

Une lueur traverse le regard de Quint.

– J'ai trouvé ! Je reviens, mes amis !

Il traverse le gymnase comme une flèche et disparaît derrière la porte. Difficile d'imaginer ce que son esprit génialement bizarre nous mijote.

Une vingtaine de minutes plus tard, June et Dirk ont fini de s'équiper, lorsque :

C'est quoi, l'idée ?! Quint est habillé pareil que d'habitude ! Il porte son éternelle blouse ridicule.

– Quint ! Là, t'es censé t'équiper pour le combat !

– Oh, je suis équipé, il dit. Je suis blindé... DE SCIENCE !

OK, d'accord : Quint remporte l'Oscar de la réplique la plus pourrie de tous les temps. Quint ouvre brusquement sa blouse craignos et...

## Ceinture chimico-tactique !

Dirk fronce les sourcils.

– Comment tu vas cogner avec ça ?

Je hausse les épaules.

– D'accord, Quint. On peut dire que c'est plutôt mortel.

– J'ai aussi quelque chose pour toi, mon pote, dit Quint en plongeant la main dans sa poche.

Mes yeux s'écarquillent lorsqu'il brandit mon Wrist-Rocket.

– Je l'ai récupéré dans le bureau de M. Mando, dit-il. Tu te souviens qu'il te l'avait confisqué ? Quand tu visais ses éprouvettes...

J'acquiesce en saisissant le Wrist-Rocket. Je sens son poids dans ma main. Ce lance-pierres, c'est du sérieux. Dirk est tout à coup derrière nous – les bras autour de Quint et moi, les yeux tournés vers June.

– Alors, gente dame ? demande Dirk. De quoi on a l'air ?

June prend un regard grimaçant.

– Hmm...

Elle m'attrape par la main, m'éloigne de Dirk, et on traverse tous le gymnase. Je ne vais pas mentir : la main de June dans la mienne, c'est la meilleure chose depuis l'invention de la pizza.

Il y a un grand miroir au fond du gymnase.

Je prends le temps de bien regarder l'image. Bon, d'accord, on ressemble à une bande de misérables losers qui ne devraient surtout pas combattre des monstres, élaborer des plans ou même entreprendre *quoi que ce soit*.

Mais quand même, on est...

# LA DREAM TEAM

– Et maintenant ? dit Dirk.

– Maintenant, direction Big Mama, je lance. Puis direction la cabane. Et puis...

– Y a encore autre chose après ça ? demande June.

– Ben, je sais pas. J'allais proposer Monopoly ou Stratego. Qui a envie ? Personne ? Sûr ? OK, alors on va se contenter de combattre des zombies et d'échapper à des monstres. Pour le moment. Les jeux de société, pour plus tard. Peut-être. Si on est encore en vie. OK, c'est parti.

# Chapitre quinze

Au bout du long couloir qui traverse le collège, il y a une porte en métal. Je la pousse en retenant mon souffle.

Dehors, c'est presque le noir total. Mes yeux se font à l'obscurité et, à la lueur de la lune, je vois des zombies. Des zombies partout. Puis j'aperçois Blarg de l'autre côté de la rue, avec son regard fixe perdu dans la nuit.

– Les gars, je murmure, on y va en silence. ET PAS DE LUMIÈRE.

– Pourquoi y aurait de la lumière ? demande Dirk.

– J'sais pas. Par exemple, si t'as un sabre laser, ne le sors pas. Pas de lumière. OK ?

Ils acquiescent.

– Là, ce qui nous manque, c'est un check secret ou un truc du genre...

– Jack, oublie le check secret, dit Quint. Y a pas de check secret.

– On en trouvera un ! Dès qu'on sera sains et saufs à la maison. Bon, on est prêts ?

On se regarde tous. On est tendus. Terrifiés jusqu'à la moelle. Mais on est tous ensemble dans cette galère.

On fait tous oui d'un hochement de tête, puis je passe la porte.

On avance en mode super furtif.

Super furtif, sur environ deux mètres. Deux mètres de super furtivité à la Sam Fisher dans *Splinter Cell*, jusqu'à ce que les zombies perçoivent nos odeurs d'humains.

Les morts vivants poussent des gémissements et des grondements. Ils ouvrent les bras, prêts à nous accueillir avec leurs doigts en décomposition. Prêts à nous planter leurs dents dans la peau, pour nous arracher la chair des os !

Tout à coup, c'est la folie autour de moi. Y a de l'action, y a du *zombie-fighting*. Les coups de poing pleuvent ! Les os craquent !

Dirk fait du punching-ball. *POW !* Gros uppercut dans le menton d'un zombie.

June fait tournoyer sa lance. *CRAC !* Elle écrase un crâne de zombie ! Puis elle fait un balayage avec la lance : quatre zombies finissent au tapis.

*SMASH !* Quint éclate une éprouvette contre la tête d'un mort vivant. L'ennemi finit aveuglé par la science !

On continue d'avancer, luttant, combattant, forçant le passage jusqu'à Big Mama. On se rapproche, encore un dernier effort !

Dirk ouvre la porte de Big Mama en grand et, à ce moment-là, la pire chose qui pouvait arriver... ben, elle arrive.

Les phares de Big Mama s'allument. Les *pleins* phares. Deux faisceaux de lumière qui traversent la pelouse, trouant l'obscurité jusqu'à... Blarg. Il cligne des yeux, ouvre sa gueule pleine de crocs et laisse échapper un monumental : « BLARGGGGG !!!!!! »

– Jack ! hurle Quint. T'avais laissé les phares allumés ?!?!?!

Il les éteint direct.

– Oups. Attends, j'ai dit que j'étais bon conducteur. J'ai jamais dit que j'étais bon en tableau de bord.

« BLARGGGGG !!!!!! »

Blarg s'avance : douze pas lourds, douze tremblements de terre. Sa silhouette imposante se retrouve au-dessus de Big Mama. Il fait un pas de plus qui secoue le sol et nous fait basculer sur nos fesses.

Je suis vautré par terre, les yeux levés vers l'ennemi démoniaque.

Et là, juste sous mon nez, je vois : mes baskets.

J'ai soudain une idée ! Un plan B !

Les héros ONT TOUJOURS des plans B !

Je me penche et *RIP !* j'arrache le Scotch qui recouvre les Light-Upz. Lorsque je me remets debout, les lumières rouges de mes baskets brillent dans l'obscurité.

– Jack, qu'est-ce que tu fous ? siffle June.

– Je danse !

– QUOI ?!

Détail amusant : je suis le pire danseur de tous les temps. J'ai mon propre style. Il y a un peu de danse robot, un peu de danse irlandaise, un peu de country et un peu de balance-popotin allié à des convulsions.

Blarg cligne des yeux tandis qu'il fixe les lumières clignotantes. Il pousse un grognement de curiosité.

Et puis…

– À plus, les gars ! je lance avant de détaler.

– Tu vas où ?! hurle June.

– Je pars juste courir ! Vous, retournez à la cabane !

– Attends, Jack, attrape ça ! s'écrie Quint dans mon dos.

Je me retourne juste à temps pour voir Quint me lancer une de ses petites capsules de geek. Je suis tout déséquilibré et le lancer est catastrophique, comme d'habitude. Mais je rattrape la capsule au vol et continue de courir.

– C'est quoi ? je m'écrie.

– *Acid Eye Blast* ! hurle Quint.

– Super nom ! Maintenant, déguerpissez !

Je reprends ma course effrénée, traversant la pelouse jusque dans la rue. Je déclenche les lumières rouge vif de mes Light-Upz à chaque foulée. Blarg rugit et me suit d'un pas lourd.

C'est le truc le plus débile que j'aie jamais fait. De loin. Et j'ai fait PLEIN de trucs débiles. J'ai même léché un stick de déodorant en pensant que c'était plus classe que de se brosser les dents.

Jack, t'es trop con!
Jack, t'es trop con!
Jack, t'es trop con!

Derrière moi, j'entends le moteur de Big Mama qui se réveille, vrombissant dans la nuit. Bon, y a au moins ça de positif. Même si Blarg me mange tout cru, j'aurai permis à mes amis de s'échapper.

Je continue de courir, je continue de foncer, je continue de me répéter à quel point je suis débile. Je file à travers les rues et, juste avant de cogner un camion renversé, je m'arrête en faisant un dérapage. À gauche, un magasin ; à droite, des voitures agglutinées... Je me suis précipité dans un cul-de-sac.

Blarg s'approche à pas bruyants. Immense. Gigantesque. La créature qui surgit au-dessus de moi vient d'un autre temps et d'un autre monde. Elle sort tout droit d'un horrible cauchemar.

Eh bien, monsieur de L'Horrible-Cauchemar, ce bon vieux Jack ne périra pas sans se battre... Et il ne périra pas sans jouer du Wrist-Rocket.

Blarg fait un pas vers moi – le sol tremble, je m'écroule presque. Son souffle chaud me balaye le visage quand, de sa grosse bouche à grandes dents, sort un assourdissant **RAWWWRRR !!!**

En un éclair, je sors la capsule de ma poche, la cale dans le lance-pierres, puis je tends l'élastique. Je retiens mon souffle, comme Robin des bois ajustant une flèche, et *FLING !*

Blarg pousse un hurlement. Il se donne un coup de patte pour essuyer la mixture qui le brûle. J'ai blasté la pauvre bête ! Victoire par *Acid Eye Blast* !

– Alors, comment ça va, Blarg ? je crie.

Blarg enlève la patte de sa face, et... là, je vais vomir sur mes Light-Upz.

La capsule d'acide a fait un truc bizarre au monstre. Il a changé. Il est devenu...

**Acid Blarg !**

Il a fait sa MUTATION FINALE.

*BOUM !*

Un bruit dans mon dos. Et puis un grognement féroce. Un AUTRE monstre ? Sérieux ?! Une micro-pause, ça serait trop demander ?! Allez, juste deux secondes sans attaque de monstre !

Je me retourne pour découvrir…

# Chapitre seize

## Rex !!!

Rex me rentre dedans par derrière. Il me soulève dans les airs. J'attrape les rênes et grimpe le long de sa fourrure.

– Rex, mon pote ! je crie. Super timing !

Je me penche sur Rex pendant qu'il charge entre les jambes d'Acid Blarg. Et ensuite...

J'agrippe les rênes aussi fort qu'une manette de Xbox tandis que Rex galope dans la rue à la vitesse de la lumière, ses énormes pattes battant le sol. Il prend un virage serré à un carrefour, m'éjectant presque de la selle.

*KA-KRASH !*

Rex baisse la tête et percute une poubelle. Il l'envoie valdinguer juste au-dessus de moi. Un vieux papier d'emballage de McDo se plaque sur mon visage. Beurk ! Du cornichon. Du vieux jus de cornichon sur ma langue. J'arrache l'emballage cornichonné, juste à temps pour voir :

# Des Bulldozers sur la route !

– REX, FOUS-LEUR LA RACLÉE ! je hurle en me baissant, et :

Lancé à nos trousses, Acid Blarg pousse un rugissement de fureur. Il avance de plus en plus vite ; il est pratiquement sur nous. Je peux sentir son haleine fétide. Mais on est presque arrivés ! La cabane est à deux pâtés de maisons... Le soleil se lève.

– Plus vite, Rex !

Soudain je repère Big Mama qui fonce dans la rue. Je vois Quint au volant. Je tire sur les rênes, dirigeant Rex jusqu'à ce qu'on sprinte à côté du 4 x 4.

– Hé, les amis ! je lance. On s'éclate bien, hein ?!

Quint regarde par la fenêtre et met un quart de seconde avant de percuter que c'est moi. June se redresse sur son siège. Elle capte mon regard et sourit. Je lui fais le clin d'œil du mec trop cool.

Quint sort sa télécommande porte-clefs. Il pianote dessus ; ça fait des *BIP-BIP-BOP !*

La cabane est au bout de la rue, perchée au-dessus de la palissade. Elle s'anime, elle se transforme à mesure que Quint active le système de défense.

La catapulte se déclenche. Elle projette une télé grand écran qui fend l'air. Je me retourne à temps pour voir :

Quint conduit sur le trottoir et stoppe après un dérapage. Mes potes avancent en formation commando, comme les Avengers mais en mieux. Ils courent et grimpent par-dessus la palissade.

Une seconde plus tard, Rex déboule dans le jardin en explosant la palissade. Je descends de selle et escalade jusqu'à la cabane en un clin d'œil, prêt à livrer le combat final aux premières lueurs du jour...

# Chapitre dix-sept

Quint court dans tous les coins de la cabane, paniqué. En dessous, je repère Dirk qui file vers l'atelier. Au loin, des arbres entiers s'abattent, déracinés sur le passage d'Acid Blarg. Il approche, agitant ses larges griffes noires comme de gigantesques lames.

June a le teint pâle, presque transparent.

– Il faut fuir ! elle hurle. Il ne faut pas rester là ! Il va arracher la cabane.

On ne peut pas faire ça. Je ne peux pas faire ça.

Parce qu'en fait, je vais vous expliquer. Cette cabane n'est pas n'importe quelle cabane. C'est chez moi. Pour la première fois de ma vie, j'ai un véritable chez-moi. Un chez-moi stable, en plus.

Et j'ai Quint et June et Dirk : pour la première fois, j'ai des vrais amis. Des amis pour la vie. De ceux qui seront toujours là. Une famille.

J'ai toujours été jaloux de ces choses-là – c'était ce que les autres enfants avaient pendant que moi, je ne me voyais que comme un pauvre orphelin. Eh ben, maintenant, tout ça, je l'ai.

Il aura fallu l'apocalypse des monstres pour que je l'obtienne. Mais aujourd'hui, pas question de tout perdre.

Pas à cause de cet abruti de Blarg.

J'agrippe la rambarde. Acid Blarg fait un pas qui écrase le reste de palissade entourant notre jardin. Puis un autre pas qui écrase nos piques défensives en bois.

– Intrusion dans nos défenses extérieures ! braille Quint.

Alors, un truc sur les jus de fruits Pago : c'est trop bon. C'est délicieusement sucré et c'est servi dans des petites bouteilles. Et quand vos bouteilles sont vides, elles font d'excellentes grenades anti-monstres.

Quint a concocté une recette mortelle.

# Grenade anti-monstres !

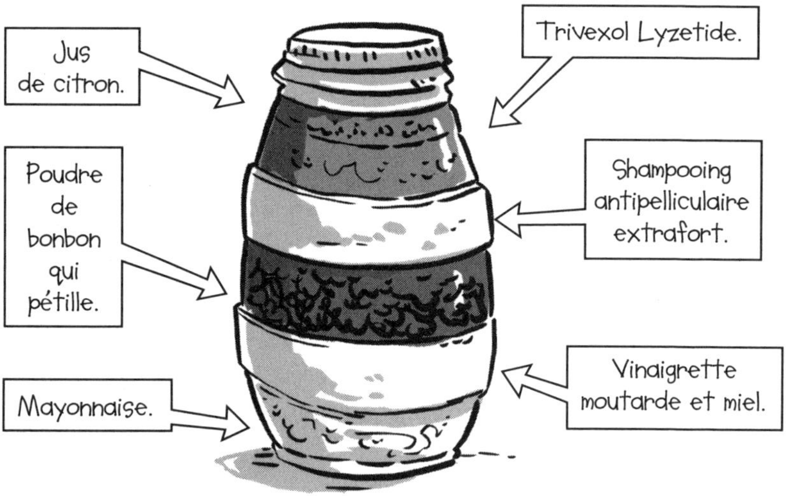


Acid Blarg hurle de douleur au moment où la grenade lui explose sur le crâne. La concoction crépite partout sur sa tête. Ça bouillonne tellement qu'il se griffe la peau.

– JACK, LA DEUXIÈME CATAPULTE ! crie Quint.

– Vous, euh... vous avez une deuxième catapulte ? demande June.

– Ben oui ! Tu nous prends pour des amateurs ? je réponds en souriant.

Je me jette sur une corde, je me balance au bout, j'atteins l'autre côté de la cabane. Là, Quint a replié une énorme branche qu'il a fixée au plancher. La deuxième catapulte.

Le compartiment à projectiles est un vieux frigo. On l'a rempli de débris ramassés en ville : selles de vélo, micro-ondes, briques, portes de voiture !

C'est le moment de faire voler tout ça !

J'abats la hache de base-ball et la corde se coupe net :

**OBUS-DÉTRITUS !**

Deux tonnes de débris s'écrasent sur la face d'Acid Blarg. Des boules de bowling font un *strike* sur son ventre et il hurle de douleur.

Et pourtant, le monstre avance, invincible. Une machine à tuer...

– Je vais faire diversion ! s'écrie June.

Elle se jette sur la corde, se balance au-dessus du jardin et termine sur le toit du voisin. Elle a ça dans le sang. Je suis trop impressionné. J'en souris jusqu'aux oreilles.

Acid Blarg tourne la tête. C'est le moment pour Rex de se jeter dans la bataille. Il saute aux pieds d'Acid Blarg et plonge ses crocs dans les pattes du monstre. Acid Blarg rugit, puis il attrape Rex et l'envoie valser...

Quint et Rex tombent de la cabane. Rex lâche un grand gémissement en heurtant le sol. Quint atterrit lourdement sur la pelouse. Je l'entends faire *PFOU !* au moment où l'impact lui coupe le souffle.

Je suis renversé sur le côté.

La hache de base-ball me glisse des mains et va se planter dans la pelouse, à quelques centimètres de la tête de Quint.

On ne va pas pouvoir tenir bien longtemps.

Et puis...

**La cavalerie arrive !**

Dirk est armé jusqu'aux dents avec les inventions de ouf de Quint ! Il jette quatre Frisbee tranche-tout, puis il tire au lance-ballons explosifs.

*BLAM ! BLAM ! BLAM !*

Touché par les tirs, Acid Blarg perd ses repères. Il avance d'un pas déséquilibré, en plein dans la piscine-douves, et :

Il y a un *CRAC !* assourdissant : la cheville géante d'Acid Blarg, aussi grosse qu'un tronc d'arbre, se brise net. Le monstre est blessé !

C'est le moment... Le moment de vérité de Jack Sullivan, héros d'action postapocalyptique !

– Quint ! je crie. Plongeoir-ball !

Quint est toujours sur la pelouse. Il lève la tête vers moi, l'air perdu. Et puis – *ding !* – il comprend.

– Mais tu ne sais pas rattraper ! Et je ne sais pas lancer ! il hurle.

– Aujourd'hui, on peut y arriver. Aujourd'hui, on VA y arriver !

Quint fait oui de la tête, un oui déterminé. Il se relève et saisit la hache de base-ball.

Il est tout blanc. Il transpire du front, à grosses gouttes. On n'aura droit qu'à une chance.

Je m'élance à travers la cabane, fais deux pas sur le plongeoir et crie : « MAINTENANT ! »

Quint lance la hache de base-ball.

Je fais un bond, reste en l'air un court instant...

La batte monte, monte, monte en tournoyant tandis que je retombe au bout du plongeoir, que je suis catapulté dans les airs, et...

J'agrippe le manche fermement en tournant sur moi-même. Je poursuis mon vol plané en vrille, tout en brandissant la lame, et...

J'enfonce la hache de base-ball en plein dans la cicatrice au front d'Acid Blarg. Il hurle de douleur. Je suis suspendu au manche. Je le tiens de toutes mes forces pendant que les pattes du monstre lâchent et qu'il tombe, tombe, tombe, et...

# Chapitre dix-huit

Je suis allongé là, sur la tête du grand Blarg mort. J'essaye de reprendre mon souffle. Ce qui me prend bien deux heures.

Je n'entends plus les effroyables bruits de ce monde apocalyptique. Plus de hurlements de monstres, plus de gémissements de zombies.

Seulement mon souffle qui revient peu à peu.

Et puis... *PFOU !*

Je reçois un coup dans le ventre. Je cligne des yeux avant de les ouvrir complètement.

Je parviens à sourire.

– Grave.

Un moment de silence. Puis j'entends Quint et Dirk qui s'agitent. Rex baille.

June a les mains sur les hanches tandis qu'elle examine la situation : le sol défoncé, le gigantesque cadavre du monstre sur lequel on se trouve, la forteresse de ouf qui se dresse dans l'arbre au-dessus du jardin, ainsi que Dirk, Quint et Rex, nos amis. Et puis elle sourit et dit :

– Purée, quelle aventure !

– Ouaip, je dis. C'est le moins qu'on puisse dire.

– Hé, abruti ! Fini de sourire ! beugle Dirk avec un sourire aux lèvres.

– Exact, intervient Quint. On a une grosse corvée de nettoyage qui nous attend. Et une cabane à réarmer.

Une cabane à réarmer. Un chez-soi à défendre. Vous savez quoi ? C'est le pied.

Alors voilà.

On a gagné.

On a survécu. Pour l'instant...

Il y a plein d'autres dangers à affronter et plein d'autres monstres à zigouiller. Avec un peu de chance, il y a d'autres survivants ailleurs, et d'autres cabanes suspendues qui vont pousser un peu partout dans les arbres.

Un jour peut-être, on dirigera une armée contre ces monstres. Mais en attendant ce jour, le principal c'est que... j'ai réussi !

Enfin, presque... Disons que, en fait, June n'était pas une demoiselle en détresse. Et elle n'avait absolument pas besoin qu'on vienne la sauver. Mais, de manière indirecte, je l'ai quand même bien sauvée !

Et ça veut dire que...

**J'ai réussi l'Exploit apocalyptico-héroïque ULTIME !**

Et maintenant ?

Ben, maintenant, je crois que c'est l'heure de tous se détendre. Au moins un petit moment. Hé, mais j'y pense, peut-être qu'on va même trouver le temps de s'inventer notre check secret avant que le prochain monstre géant ne débarque...

FIN !

(Pour l'instant...)

Photos prises avec l'appareil de Jack !

## Remerciements à :

Doug Holgate qui a donné vie à mon vague concept comme jamais je n'aurais pu l'imaginer – il n'y a pas assez de superlatifs pour décrire ton talent. Mon excellente éditrice, Leila Sales, pour avoir redéfini le mot « patience » – tu es si intelligente et perspicace, et tu possèdes un vrai talent pour comprendre une histoire. Jim Hoover, pour s'être tout simplement « occupé » de ce projet depuis le premier jour et pour s'être décarcassé afin qu'il soit extraordinaire. Ken Wright, pour avoir cru que ça pouvait marcher.

Mais également Bridget Hartzler, publicitaire certifiée 100 % géniale. Jeff Kinney, pour ses encouragements et sa générosité. Et, cela va sans dire, mon intraitable agent Dan Lazar, pour ses réponses par e-mail à deux heures du matin et pour s'être démené afin que ce projet aboutisse. Torie Doherty-Munro, pour m'avoir répondu question idiote après question idiote. Et pour leurs suggestions, leurs remarques et leurs idées (bonnes ou mauvaises), un grand merci à Mike Mandolese, Wess Ryan, Geoff Baker, tous les membres du N.S.S. et, comme toujours, à Ben Murphy.

Et surtout, merci Maman. Merci de ne m'avoir jamais appelé avant le dîner ; merci de m'avoir toujours permis de m'inventer mes propres aventures dans le jardin ; merci de m'avoir laissé m'écorcher les genoux et me casser quelques os et avoir une cabane dans un arbre à moi tout seul ; merci d'être la meilleure maman de tous les temps. Maintenant, les enfants, s'il vous plaît, s'il vous plaît : arrêtez de lire tous ces remerciements soûlants et partez vivre vos aventures à vous, des aventures grandes comme des monstres.

## MAX BRALLIER !

(www.maxbrallier.com) est l'auteur de plus de vingt livres et jeux. Il écrit des livres pour la jeunesse et des livres pour adultes, parmi lesquels le « Livre dont vous êtes le héros » *Can YOU Survive the Zombie Apocalypse ?* Il est le créateur et auteur de *Galactic Hot Dogs* chez Aladdin. Il écrit pour des licences telles que *Adventure Time*, *Regular Show*, *Steven Universe*, et *Uncle Grandpa*.

Sous le nom de plume Jack Chabert, il est le créateur et auteur de la série *Eerie Elementary* pour Scholastic Books. Il est concepteur de jeux vidéo pour le monde virtuel (et trop fun) *Poptropica* et travaille comme concepteur freelance pour de nombreuses licences en ligne. Autrefois, il travaillait au service marketing de St. Martin's Press. Max vit à New York avec sa femme, Alyse, qui est beaucoup trop bien pour lui.

Suivez Max sur Twitter : @MaxBrallier. L'auteur construisant sa propre cabane dans un arbre lorsqu'il était enfant. Cette petite merveille était TOUT SAUF armée jusqu'aux dents.

## DOUGLAS HOLGATE !

(www.skullduggery.com.au) est artiste et illustrateur de comics à Melbourne, Australie, depuis plus de dix ans. Il a illustré des livres pour des maisons d'édition telles que HarperCollins, Penguin Random House, Hachette et Simon & Schuster, parmi lesquels la série *Planet Tad*, *Cheesie Mack*, *Case File 13* et *Zoo Sleepover*.

Douglas a illustré des comics pour Image, Dynamite, Abrams et Penguin Random House. Il travaille actuellement sur deux projets en collaboration avec l'auteure Jen Breach : la série auto-éditée *Maralinga* qui a reçu une subvention de la Australian Society of Authors et du Victorian Council for the Arts, ainsi que le roman graphique pour tous les âges *Clem Hetherington and the Ironwood Race*, publié par Scholastic Graphix.

Suivez Douglas sur Twitter : @douglasbot
Jack Sullivan, June del Toro, Quint Baker et Dirk Savage seront de retour dans... *Les Beaux Gosses de l'Apocalypse, livre 2, Zombies Parade !*

Première édition : 2015 chez Viking, an imprint of
Penguin Random House LLC
375 Hudson Street New York, New York 100 14 USA
sous le titre *The Last Kids on Earth.*

Loi 49-956 du 16 juillet 1949
sur les publications destinées à la jeunesse.

Adaptation graphique française
et mise en pages de l'intérieur : Graphicat.

Dépôt légal : 4e trimestre 2016
ISBN : 978-2-7459-7826-4
Imprimé en Italie par Grafica Veneta